Die Buchreihe »Völker am Wasser« wird von Édouard Glissant (Martinique) herausgegeben. Unter der Schirmherrschaft der UNESCO brach am 27. Juli 2004 das Dreimast-Segelschiff *La Boudeuse* mit dem französischen Kapitän Patrice Franceschi von Bastia (Korsika) zu einer Weltumsegelung auf, bei der zwölf Expeditionen zu acht Völkern, die nur vom Wasser aus erreichbar sind, unternommen wurden. Nach 1063 Tagen und 60 000 zurückgelegten Kilometern kehrte das Schiff am 25. Juni 2007 nach Bastia zurück.
Zwölf Schriftsteller und Journalisten, ausgewählt von Édouard Glissant, nahmen jeweils an einer der Expeditionen teil.

VÖLKER AM WASSER

ÉDOUARD GLISSANT

DAS MAGNETISCHE LAND

DIE IRRFAHRT DER OSTERINSEL RAPA NUI

In Zusammenarbeit mit Sylvie Séma

Aus dem Französischen von Beate Thill

Wunderhorn

Echohées

WIR HATTEN VEREINBART, die Arbeit aufzuteilen und so auf zwei Arten mit der Osterinsel zu verkehren, die sich vielleicht ergänzten: Sylvie sozusagen in einer Feldstudie (zuvor würde sie nach Santiago fliegen, von dort bis Valparaiso reisen, um sich einen Traum zu erfüllen, den alle Kinder der Welt hegen, und anschließend in einem mindestens dreiundzwanzigstündigen Flug auf die Osterinsel gelangen), ich wollte auf meine Art kommentieren, was sie von dort schicken, an Notizen, Eindrücken, Zeichnungen, Filmen und Fotos mitbringen würde, es sodann mit ihrer Hilfe in die Ordnung oder auch Unordnung der Literatur überführen. Das würde mein Beitrag zu Sylvies Material und ihrer eher spontan geprägten Meinung von der Insel sein. Denn mir war es unmöglich, selbst dorthin zu reisen, ich mußte mich mit dem Schicksal dessen abfinden, der nicht mehr einen ganzen Tag in einem Flugzeug verbringen kann. Es trifft auch andere Menschen für andere Gegenden, etwa wenn einer nicht bis auf Schneegipfel steigen oder eisige Steppen durchqueren oder sich durch Dschungel kämpfen kann. Es gibt also Orte auf der Welt, die so abgelegen sind, daß sie 5000 Kilometer oder ebensoviele Seemeilen in alle Himmelsrichtungen von der nächsten Küste entfernt liegen. Wer zu ihnen gelangen will, muß daher über sämtliche körperlichen Fähigkeiten verfügen, und zudem hoffen, nicht unter geistigen Schwächen zu leiden, wenn er ein wenig dort bleiben will. Diese Orte sind über alle anderen erhaben, *manchen auf geheimnisvolle Weise versagt*, und zumeist verkannt. Forscher und Kolonisatoren finden sie zunächst nicht besonders interessant, weder wegen ihres profitablen Nutzens, noch ihrer Lage, aber bekanntlich sind Wucher und Profit geduldig und ist die Findigkeit der Raffgierigen unerschöpflich. Die Osterinsel hat alle Stationen eines Wegs durchlaufen, der vor aller Augen verborgen ist, auch vor den Augen der Tagesbesucher oder der Träumer in der Ferne. Sie war von ihrer ursprünglichen heiligen Nichterkennbarkeit zu blindwütiger Selbstzerstörung und absoluter Auslöschung gelangt, durch Kannibalismus, Kriege zwischen ihren Clans und Gemetzel an ihren Pflanzen. Dann kamen alle möglichen Formen radikaler Ausbeutung durch alle möglichen von Ferne Zugereisten, wie Deportation, Versklavung und kollektive Massaker, bis zu eingeschleppten Seuchen, und am Ende kam der einsame Kampf gegen die unendlichen Formen zeitgenössischer Zerstörungen. Ganz zum Schluß brach herein, was so viel Verheerung schon seit langer Zeit ankündigte und vorbereitete: das Geräusch der Welt und die Befriedung durch den Austausch. Es kam die Einsicht, daß die heilige Einheit der ersten Zeit, so unsicher sie sich auch zeigen mochte, am besten mit den erregten oder stillen Fluchtbewegungen nach fernen Ländern zu vereinbaren war, wenn man sie hierher zurücklenkte, in den Schoß der Insel.

Es schien allerdings eine weitere Beleidigung darin zu liegen, wenn die Zusammenfassung der erlittenen Schrecken nur als eine Anhäufung erbarmungslosen Unheils dargestellt wurde.

Eine solche tragische Abdrift und Seinsverlassenheit ist das gemeinsame Los vieler abgelegener Länder, sie haben ihre unmöglichen Anknüpfungen in die All-Welt ausgestreut, die noch zu erkunden ist, aber auch in die schon bekannten Welten, sodaß von ihnen nur ein paar vereinzelte Spuren im Geiste übrig sind: Ganze Horden umhergaloppierender Pferde, die nicht wissen wohin, die Bäume sind beinah alle vernichtet, der Boden ist zu einem flachen Teppich von kurzen Rasen und Moosen geworden, gleich einer Schreibtafel für Magie. Die Bewohner sind mit einem Sinn für eine unverständliche Verständigung begabt und für das Deuten von Wind und Sternen. Die Vögel sind heilig oder sehr selten, und du kannst auf dieser Grasfläche eine Karte aller lokalen Geister zusammenstellen, ob sie wohlgesonnen oder zerstörerisch sind, und dazu die Karte der Vorfahren, deren Sprechen in die Irre lief, wie das deine.

Dies ist auch uns beiden in unserem Umgang mit der Osterinsel passiert, nicht daß wir über irgendeine Berechtigung verfügt hätten, den Ort zu besuchen. Aber wir hatten uns auf etwas eingelassen, was nach unserer Erwartung eine Begegnung von nah und fern zugleich sein mußte, da wir meinten, daß es auf unserer Welt (in die wir alle eintreten) immer besser ist, von den Leuten eingeladen zu sein, bevor man bei ihnen anreisen darf.

Als die Besucherin den Horizont der Insel entdeckte, war das Schiff (*La Boudeuse* unter Kapitän Patrice Franceschi), auf dem sie diese umfahren sollte, bereits da, als winziger Punkt auf dunklem Blau, eine Fregatte, die im Spiel von Wind und Wellen zu schweben und nach jeder Seite zu kentern schien. Das Schiff kam aus Amazonien und hatte den Panamakanal passiert. Der Dichter Alain Borer sollte auf ihm die schlimmsten Qualen der Seekrankheit durchleiden, als er an der Reihe war mit der Reise, noch weiter oben zwischen den Inseln im Pazifik, so daß er in seinem tödlichen Delir den Dreimastschoner in *Die Reihernde** umtaufte.

Das Flugzeug zog lange seine Annäherungskreise, wie wenn es tatsächlich an der letzten Spitze eines Dreiecks oder einer Pyramide festhing, welche den Höhepunkt der Welt anzeigte, während ein paar graue Wolken, die es durchflog, sich herausbildeten wie Verzierungen aus Stahl: das schöne Innehalten der Zeit ist nie dasselbe an den verschiedenen Punkten der Erde und die Tiefe des Himmels ist überall unendlich, das heißt, unvorhersehbar.

*Von *La Bodeuse*, die Schmollende, in *La Gerbeuse*, die Reihernde; Anm. d. Ü.

DIE LEUTE auf dem Schiff, freilich mit Ausnahme des Kapitäns und der verantwortlichen Techniker, hätten nicht angeben können, an welchem Tag oder zu welcher Stunde das alles geschah. Es war schätzungsweise um eine Minute nach zwölf, an einem Freitag oder Sonntag, keiner dachte an den Monat oder fragte nach dem Jahr, als die Bordinstrumente auszureißen begannen und dann in einer Weise durchdrehten, daß selbst die Techniker nicht mehr sagen konnten, für welche Funktion diese Geräte hergestellt worden waren. Es zeigte sich kein Elmsfeuer auf den Mastspitzen, wie bei der *Pequod* des Kapitän Ahab, als Moby Dick, der weiße Wal, sich näherte, sondern ein langes Zittern, das vielleicht für mehrere wahrnehmbar war, aber nur von zwei oder drei Leuten wahrgenommen wurde. Es lief über die verschiedenen Takelungen und pulsierte über die Wellenkämme hinweg. Einer der Decksmatrosen, eine rastlos tätige junge Frau, erzählte später, sie habe etwas wie ein Gewicht gespürt, in sich und im gesamten Schiff, das alle scheinbar in diesem Zittern verankerte. Sie gehörte zu den wenigen, die es gespürt hatten. Dann erschien das Land unter einer Barre weißen Himmels und sie segelten auf Sicht. Keiner von ihnen hatte die Zeit gehabt, »Land« zu schreien, oder »Er bläst!«, obwohl sie sich den Spaß vielleicht manchmal erlaubten, um in der Vorstellung den spanischen Golddublonen des Kapitän Ahab zu gewinnen, dessen Phantom bestimmt am Großbaum hing.

Seit langer Zeit hatten sich alle Annäherungen an dieses Land in derselben unsicheren Weise abgespielt. Viele Seefahrer auf den unendlichen Weiten wollten die Dunstküste gar nicht erst erkennen, vielleicht weil sie sich gegen eine Ahnung sperrten, die ihnen die Augen nur wieder verschloß. Einige verließen sich auf ihre Instrumente, doch diese setzten durch den Magnetismus seltsam aus. Einige kamen zu dem Schluß, die Landung lohne sich ganz einfach nicht, es habe keinen Wert, seinen Pfriem zu riskieren und sich auf diesen verlorenen Winkel des unendlichen Ozeans zu fixieren, wenn sich auf dieser Unendlichkeit sicher viel besser erreichbare Niederlassungen finden ließen, deren Entdeckung und Besuch sich zudem mehr lohnte.

Andere drehten nach tagelangen Manövern ab, da sie nicht den kleinsten einladenden Hafen, keine einzige Passage errieten, in die sie hätten einfädeln können, wie ein schöner Dicksirup runterfällt. Wenn andere dann doch ihren Fuß an Land setzten, nachdem sie bis zur Erschöpfung gegen Strömung, Gegenströmung und riesige Wogen gekämpft hatten, blieben sie, noch bevor die Klippen und der Krach der wenigen Menschen auftauchten, erstmal verstört stehen, im grauweißen groben Sand einer seichten Saline, die kaum eine Ankerlänge ins Landesinnere reichte, und schauten hinüber zu ihrem Schiff, das auf halber Reede ankerte und dessen drei Masten nach beiden Seiten und bei jedem Ruck des Stampfens vorn und hinten die Wogenkämme berührten. Da trieb das Heimweh sie wieder fort, so heftig, daß sie den Wind prüften und auf Rückkehr sannen. Oder aber sie bemühten sich, die düstere violette Luft zu sondieren, die in diesem Wind tanzte, und die von den riesigen Köpfen ausgehaucht zu werden schien, von denen sie nur die Nacken als geschwärzte Reihe sehen konnten.

WENN WIR AUF DER INSEL angelangt sind, bleibt das Erstaunliche die ausgestellte Massivität dieser Leiber, von der Rasse der Statuen und meist mit der Statur von Männern. Wären Frauen und Kinder ausgeschlossen worden von dieser unbekannten Suche? Hielt man die Männer wie Heranwachsende in einer Art Abstinenz? Bei den Odysseen der Pazifikvölker haben die Männer vermutlich, indem sie sich von Land zu Land bewegten und die Pirogen lenkten, neue Universen gesammelt, dichte und unmittelbare Vorstellungswelten wie Ressourcen aufgelesen, die anschwollen und in diesen Leibern abgelagert wurden. Ihre Seefahrt ist ein Leib, die Insel ist ein Leib, zu dem die Materie all der vorangegangenen Inseln hinzukam. Die Insel wird dick, als wollte sie sich den aufgereihten Statuen angleichen, die in ihren Raum getrieben sind, scheinbar bis zum halben Bauch, und die mit der Zeit immer größer wurden, und damit die Technik der Handwerker an ihre Grenzen brachten. Diese Statuen haben sämtliche Vorstellungen von Statuen und Votivgegenständen angesammelt, die vor ihnen lagen auf dieser Route der Inseln, deshalb erscheinen sie als die riesigsten, an Größe und Wissen: wie Ruhestätten am Ende des Wegs.

Wenn wir die Zeichnungen der alten Völker betrachten, etwa der Menschen, die vom fernsten Ufer, von Japan aufbrachen, es waren einige und sie müssen am Ursprungsland des ersten Königs vorbeigekommen sein, das heißt, des Königs, der diese Insel zuerst besiedelte, ganz gleich, wer zufällig vor ihm hier an Land ging. In diesen Zeichnungen der Alten sehen wir meist Leiber mit aufgezeichneten Routen, Leiber, die Schiffen ähneln, Schiffe sind, die diese Reisenden auf den Universen zu Land oder See, auf die sie trafen, ihren Weg finden ließen, jede Bucht ein Echo der vorigen, und sie bis hierher führten. Echohées. Die Insel ist vielleicht die Erfüllung all dieses Wandels. Die Statuen konnten nur mehr in die Höhe wachsen, in den hohen Himmel, in dem die Routen tot schienen, nicht aber die Sterne, die sie bezeichnet hatten, und zu denen die Statuen die Verbindung hielten. Die Suche in der Horizontalen, die süße Irrfahrt und die Abdrift entlang kalter oder warmer Meere, war seit langem erschöpft. Dieses Land war offensichtlich das letzte. Japanische Pilger von heute kommen her, um auf dem Ahu Te Pito Kura den *Nabel der Welt* zu verehren, wovon noch die Rede sein wird.

So ist der Insel-Leib der letzte absolute Punkt, das Behältnis aller Energien, die auf der Irrfahrt angesammelt wurden, und die nun Kräfte, ihre Kräfte, zur Schau stellten, die Spiritualität ausstrahlen und sich in alle Richtungen ausbreiten konnten. Dabei rührt der Niedergang dieser Insel und ihre so lang anhaltenden Irrfahrten im Schmerz vielleicht daher, daß die vitale und spirituelle Triebkraft zur Suche und zur Sammlung der Ressourcen gehörte, die entlang den Inselbögen auf den entdeckten und besuchten Ländern aufgelesen wurden, und nicht so sehr zu ihrer Ansammlung am Ende: Denn obwohl die Menschen, die nun hierbleiben mußten, auf die vertikale Verbindung angewiesen waren, da sie die einzige Wahrheit dieser letzten Versammlung war, riß sie ab: Die Statuen stürzten um und ihre Augen wandten sich vom Himmel, gingen verloren. Der Mangel an Schiffen machte daraufhin jede Bewegung unmöglich, die eine xte Sammlung von Energien hätte beginnen können: fortan war weder eine Umkehr zurück, noch ein mutiger Vorstoß möglich, um andere Inseln zu entdecken. Als wäre es in einem ewigen Wissen niedergelegt gewesen, *daß es nach dieser keine weiteren Inseln mehr gab,* nur einen fernen Kontinent, der nicht das Ende der Irrfahrt oder der Suche bestätigt, sondern ihre absolute Negation aufgezeigt hätte. Dennoch haben die Menschen dieser letzten Insel heute neue Routen gefunden, der Leib wurde neu gestaltet, wiederbelebt, nach den vielen toten Seen, und konnte durch die vielfältigen Beiträge äußerer Welten wieder wachsen. Nur diese Vielfalt hat die Verbindung mit der Energie der Welt hergestellt, das Volk gewinnt neue Kräfte, es spricht wieder mit dieser Welt. Denn man trifft diese Oster-Insulaner überall, sie lesen wohl in den Sternen oder haben eine Spur bewahrt, mit der sie die abdriftigen Strömungen deuten, ihre Zeichen findet man an vielen Orten. Mich haben sie beispielsweise an das Volk der Batoutos erinnert, die als Volk unsichtbar sind, und die uns so lehren, uns von unserer kollektiven Selbstgefälligkeit zu verabschieden: Dieses Volk Rapa Nui hat uns so viele geheimnisvolle Zeichen einer verlorenen Schrift geschenkt, die in diesem Augenblick zu uns spricht und etwas bedeutet, daneben so viele heilige Existenzen. Etwa einen heiligen Mann, der einst wahrhaftig, wenn auch insgeheim, das Sprechen schrieb. Sie alle versammeln unsere Suche und angehäuften Erfahrungen. Hier finden die Geschichten der Völker zusammen. Jeder entsendet Er wählte oder Vertreter zu dieser Insel, wo der Weg der Erkenntnis abgebrochen ist und neu belebt wurde, zu ihrer scheinbaren Verwahrlosung: haltlos irrende Völker und verlassene Städte und einsame Stämme und nomadisierende Clans, und diese wenigen Männer und Frauen, die weitergehen, ohne auszurechnen, wohin.

WENN MAN HIER STRANDETE, also dort, geschah dies völlig zufällig, mit dem vollständigen Aussetzen aller normalen Gesetze, sowohl der Natur als auch der Technik, landete man auf diesen Felsen, und anschließend litt man darunter, nichts zu erhalten, das einen hielte. Nicht einmal der Proviant war gesichert, das erreichbare Wasser schmeckte nach Meer, und dann all die Köpfe, die man unmöglich versetzen oder mitnehmen konnte. Dies überlieferten die alten Schriften, Bordtagebücher, Reiseberichte und andere Abhandlungen über ferne Länder. Die Leute dieses Landes sagen nichts. Wenn sie was sagen, weißt du nicht, ist es Hinterhältigkeit, Spott, Verschleierung oder gar Schmähung der Wahrheit.

Seemannsgarn, Touristenmärchen, Ethnographenartikel und die Bekenntnisse der Liebhaber stimmen darin überein: Über Rapa Nui, der Osterinsel, schwebt ein Geheimnis, das ist die Meinung, die um den Globus rauscht, und will man mehr darüber wissen, erfährt man, daß das Geheimnis mit diesen Statuen, den Moai, zusammenhängt. Wie sollen sie hergestellt, hergebracht und aufgerichtet worden sein, so unwahrscheinliche Gewichte, mit solch unzureichenden Mitteln? So fängt das Rätsel um die ägyptischen Tempel oder die Bauwerke der Inkas auch hier wieder an. Sie kannten nicht einmal das Rad. Für uns beide war diese Frage sehr beruhigend: Das Geheimnis ließ sich auf ein technisches Problem reduzieren, irgendwann würde man bestimmt das Verfahren, die fehlende Erklärung, finden. *Alles* lag am Gewicht dieser Leiber. Der Anblick der hochmütigen Häupter, aufgestellt, um Gruseln oder Staunen zu bewirken, hielt uns ruhig am Rande der Ungewissheit fest.

Ruhig und zugleich alarmiert, das galt für die Besucher, aber auch die anderen, die sich alles von Ferne vorstellten, wie ich. Denn die Fragen rumorten trotz der beifälligen Zustimmung und bei all dem am Boden liegenden Sammelsurium weiter: Warum hatten diese Statuen ihre Augen verloren? Welche Versprechen hatten sie gebrochen? Genügten die Rivalitäten zwischen den Clans um zu begründen, warum sie umgestürzt und zerstört worden waren? Aber diese Fragen drehten sich wieder um die Moai. Als ob sie all die anderen Geheimnisse in der Umgebung abschirmten. Warum hatte die zum Himmel gerichtete Kraft derart versagt? War diese Kraft mehr mit der Bewegung über das große Dreieck von Meer und Inseln verbunden als mit der Kraft dessen, was am Schluß geblieben war? Warum hätten sie dann gerade dieses Land gesucht, ausgewählt, gehalten, am entferntesten Ende des großen Dreiecks, wo es so schwierig war zu landen, und von wo es sich als so unmöglich herausstellte, aufzubrechen?

ALS DER KÖNIG HM zum ersten Mal eine Niederlage erleben mußte, es war nicht einmal eine kleine Widrigkeit, die ihn keinen einzigen seiner Krieger kostete, es wurde kein Blut vergossen, Tausende Seemeilen von Rapa Nui entfernt, hätte er sich mit seinen Kriegern noch verteidigen, in das geheime Innere des Landes, in die reichen Wälder zurückziehen können. Aber er wußte, er hatte ein Zeichen empfangen, es wäre vergeblich und peinlich gewesen, um etwas Krieg zu führen, das er gar nicht verloren hatte. Ebensowenig zog sein Rivale und nur an winzigen Merkmalen erkennbare Besieger, er soll fortan OII heißen, Ruhm aus seinem scheinbaren, aber greifbaren Erfolg. Denn sie wußten alle beide, der reale Sieger und der angeblich Besiegte, und sie wußten es als einzige, daß ihr Titel, oder zumindest der Titel, um den sie gestritten hatten, keineswegs der des Königs, eher eine schwache Auszeichnung, sondern der *des für das höchste Amt Entsandten* war. Dieses Amt war, das Land der Energien zu erreichen. Wo war es? Was wollte es? So daß der derart Besiegte, der gezwungen war, dieses Land zu verlassen, für immer Sieger bliebe. Er würde die Erschütterung der Wasser und der durchbohrten und der glatten Steine berühren, das heißt, die Welt und ihre Elemente lesen lernen. Der König HM verbot seinem Volk, das nichts ahnte und in der Nacht weinte, fortan jegliche Ehrbezeugung, mit der es seine Göttlichkeit bis dahin anerkannt hatte, und es gehorchte.

Der zum Sieger bestimmte König versuchte die Vorbereitungen des Besiegten in keiner Weise zu stören, er fühlte sich nicht dazu berechtigt, und ebenso beeilte der besiegte König sich nicht, Land und Gewässer aufzugeben, deren Herrschaft er scheinbar dem anderen überlassen hatte. Er zog sich mit Bedacht an einen Ort an der Küste zurück, von wo er den Horizont und die Sterne, sowie die Winde und Strömungen deuten konnte, um den richtigen Moment zu wählen, an dem er seinen treuesten Gefährten zur Erkundung losschicken würde, der übrigens sein Sohn war. Er sollte nicht ein anderes Land entdecken, sondern überprüfen, ob das Land, das er entdecken würde, so weit entfernt es war, so feindlich und abweisend es erschien, wirklich jenes Land war, das er weder bewohnen noch bearbeiten, sondern *mit dem er für eine vorbestimmte Zeit*, die notwendigerweise nutzlos war, *Umgang pflegen sollte*.

Der Kundschafter schien von der ersten Welle an den Weg auf dem Meer und die Richtung der günstigen Strömungen zu kennen, als hatte er nicht nur das Blut, sondern auch das Wissen geerbt. Nur zwei Schiffe brachen auf, die gleichermaßen mit Lebensmitteln versorgt waren, aber eines hatte die Aufgabe, dem anderen vorauszufahren und das Wasser zu prüfen. Die Doppelhecks beider Schiffe waren angefüllt mit lange haltbaren Lebensmitteln, mit Brunnen aus wasserundurchlässigem Stroh, die jeden Regen auffingen, und mit Gemüsepflanzen und kleinen Tieren, die wachsen und von denen einige verschwinden sollten, Maniok, Kokosnüsse, Bananen, Kreolschweine, Eisenhunde, graue Hühner, Yams. Auf der vorderen Plattform aßen abwechselnd Frauen und Männer, anschließend gingen sie die Kinder füttern, dann legten sie sich auf den Proviant und das Gerät, oder sie schaukelten auf den Bordplanken der Piroge mit, um ihr beim Kreuzen zu helfen, vielleicht taten sie es auch aus reiner Freude an der Bewegung. Der Kundschafter stand an der Spitze des ersten Bootes, er kommandierte kaum die Manöver, er beobachtete vor allem die Strömungen und Gestirne, *die Weite und die Tiefe*.

VARIANTEN UND Abdriften gingen vom magnetischen Eiland aus, und damit unerwartete Verzögerungen des Schreibens: Du hast dir vorgenommen, auszumalen oder zu beschreiben, doch du zögerst vor der richtigen Entscheidung. Es ist das Sprechen, das nicht vorankommt. All diese Störungen, die vom Zittern der Insel und von ihrer Bestimmung herrühren, Unordnung zu schaffen, von ihrer glatten Verweigerung alles Üblichen, selbst wenn es um etwas ging, das an die tiefsten Instinkte rührte, ans Überleben. Dazu hält sie eigensinnig fest am Durcheinander der Zeiten, etwa was vorausging und was nachfolgte. Das magnetische Eiland trug keinerlei Sorge um die eigene Dauer, und es ließ sich nicht herbei, dir etwas davon anzuvertrauen. Darin erging es dir kaum anders als all den mächtigen Ankömmlingen von einst oder gerade gestern.

Betty Rapu bewacht die Umgebung der Denkmäler, die Grabanlagen und die Eingänge zu den Kavernen und Höhlen, sie äußert sehr leise ihren Ärger, wenn ahnungslose Besucher stolz zu Pferde hineinreiten. Sie erkunden und entdecken auf die Gefahr hin, alte Spuren zu verwischen oder zu zerstören. Sie verletzen den Boden und den feinen brüchigen Fels, die Haut der Insel.

»Aber Betty, alle jungen Leute galoppieren mit ihren Pferden überall herum, offenbar können sie so am besten ihre Freunde beeindrucken und ihre Geschicklichkeit zeigen.«

»Sie wissen genau, wo sie langgehen dürfen. Sogar mit geschlossenen Augen würden sie die alten Wege und Zeichen erkennen.«

Betty verschwieg, daß Menschen und Pferde in enger Bruderschaft verbunden waren, als wären sie gemeinsam der gleichen Vernichtung entronnen und spürten den gleichen Stolz darüber, daß sie zusammen überlebt hatten. Sie orientierten sich an Wegen, die im Geiste beleuchtet waren und schon immer als einzige begangen werden durften. Eine chilenische Freundin, eine Bekanntschaft aus Valparaiso, sollte später sagen, daß die Leute vom Festland die Schönheit der Reiter bewunderten: Wenn sie zu Pferde saßen, waren sie »auf Moai-Höhe« und kamen an Kraft den stummen Statuen gleich. Betty fand eine wahllose Freude daran, ihre Erinnerungen an andere Länder durcheinander zu werfen. Sie gedachte, sie so in Übereinstimmung zu bringen und sie im übrigen entlang des hiesigen Geländes besser einordnen zu können. Sie zeigt den Durchreisenden die Insel, sie für sich allein ist eine Reiseagentur, eine Pflanzenkundlerin und dazu eine Expertin für Winde und Seevögel. Und sie teilt auf höchst eigenwillige Art die Riesenstatuen danach ein, wie sie verächtlich die Lippen schürzten, vielleicht, um ihre Kunden ein wenig zu ängstigen, die kaum einen Unterschied sehen.

Betty verpaßte keine Ankunft des wöchentlichen Flugzeugs von Santiago, das fast sofort wieder abflog. Wie sie sich diskret und freundlich abseits der Piste hielt, zog viele Kunden an. Anschliessend fanden diese heraus, daß es das größte Glück auf Erden war, mit Betty auf dem winzigen Markt in Hanga Roa zu frühstücken, der Kirche gegenüber, an dem Ort, wo alle Welt zusammenfand, um Nachrichten auszutauschen, meist im Stehen, an einen einfachen Verkaufsstand gelehnt.

Betty wollte in Wahrheit zu mir sprechen, über den Umweg der winzigen Kamera, die Sylvie bei sich hatte, zumindest kam mir das so vor. Ihre Vorstellung von mir bereitete ihr großes Vergnügen. Sie schaute auf einen Punkt neben der Kamera, wo ich stehen würde oder an dem sie mich vermutete, wenn ich später den Film vorführte. »Hören Sie, hör mal, höre, ein Haus, das ist zunächst ein umgekehrtes Schiff, das heißt ein Hut, der Admiralshut von früher, sie waren zum Lachen, mit ihren Booten verkehrtherum auf dem Kopf. Das Land ist ein Haus, das Land ist ein Hut, das Land ist ein Schiff. Muß man nicht daran denken? »*Alles ist fast wahr*«, sagte sie. Aber klar weiß sie, daß ich ihr nicht antworten kann und lächelt nett in die Kamera.

Magnetischer Himmel und magnetisches Land

ALLES, WAS DIE OBERFLÄCHE der Insel gestaltet, ist machtvoll und flüchtig, immer herrschend und auf immer ohne Macht: das Wasser, die Vögel, die Winde, die Meeresströmungen. Ich lerne mit Betty, während sie sozusagen das neben der Kamera stehende Gespenst anspricht, das ich war, und während der reale Zuschauer, der ich jetzt bin, den stummen Gesprächspartner zu würdigen sucht, an den sie sich wendet, oder wandte, mich, und ich mir selbst das Wissen übermittele, das sie ohne Eitelkeit weitergibt, erfahre ich mit ihr, daß diese Macht unsichtbar ist. Du gehst zehnmal vor den verblassten Spuren der Wandzeichnungen in den Höhlen vorbei, oder an ihren plastischen Abdrücken, ohne diese Vögel zu sehen, du erkennst nur ineinander geschlungene Formen, ebenso wie du die wenigen Vögel nicht siehst, die plötzlich am Himmel kreisen, knapp über den Felsen im Meer. Und du gehst gebückt durch diese Höhlen, ohne das Dröhnen des Wassers zu hören, und Betty, die vielleicht auf Tahiti oder am anderen Ufer, in Chile, das auch nicht viel näher liegt, eine Liebesqual gekannt hat, die sie schließlich bezwang, beugt sich lange hinunter, ohne dir zu sagen, was sie da erlauscht, und du hast kurz darauf den Eindruck, auf diese riesigen Felsen zu fallen, an denen sich die Meereswogen zu Tode schlagen, und du lernst bei diesem Tosen nicht, die Karte der Strömungen zu lesen, die es durcheinanderbringen, und nochmal kurz darauf bei den niedergedrückten kurzen Gräsern, die gezwungen sind, in einem unter der Erde angelegten Zentrum zusammenzufließen, weißt du nicht, daß sie sich zitternd in völlig unterschiedliche Richtungen neigen, alle gleichzeitig, und doch völlig unterschiedlich, da ein Wind sie beugt, der in alle Richtungen zugleich weht.

Die Elemente des Eilands sind machtvoll und sehr flüchtig: Du bekommst keines zu greifen, dabei nehmen sie dich in ihre unablässige langsame Bewegung auf, dieser Eindruck in einem ständigen Ungleichgewicht zu überleben, ist befriedigend und sogar beruhigend.

Über die doppelte Vermittlung von Betty und der kleinen Kamera besichtige ich diese Bewegung und das Ungesicherte der Elemente. Eine neue Art, die Vorzüge der Technik, noch dazu einer höchst einfachen, zu genießen. Die grauen Bilder lassen mich vielleicht ahnen, was gestochen scharfe Aufnahmen mir vorenthalten hätten. Es scheint, als übertrüge sich das magnetische Zittern des Eilands über das Unbestimmte des kleinen Bildschirms. Und wie wenn sie ruhig oder aufmerksam das Alltäglichste von der Welt erklärte, entziffert Betty etwas in diesem Zittern und liest in diesem Flüchtigen, wird plötzlich vom Unbekannten umhüllt. Eine Prophetin in Sandalen, eine echte Laiin, und doch so sprechend in diesem beinahe stummen Film. Das Wirken der Elemente herrscht überall auf der Insel, ein solches Walten ist unsichtbar, und wenn es auch zuweilen beruhigt, so ist es vielleicht nicht stets zuverlässig.

DIE BEIDEN HERREN über den Tag und die Nacht trafen sich auf einer Lichtung, die so klein war, daß sie einander kaum gegenübersitzen konnten. Das war wohlgemerkt mindestens acht oder zwölf oder sechzehn Jahrhunderte vor unserer Zeit, wenn wir nach den üblichen Maßstäben rechnen. Ihre Völker machten sich keine Sorgen, sie wußten, die Ordnung von Sieg und Niederlage war endgültig, wenn sie auch nicht ahnten, daß sie geheim war. Die Herren schwiegen zusammen und sprachen, zwei Tage lang, sie aßen und tranken nicht, und rührten sich nicht von der Stelle. Ihr Sprechen vermischte sich mit der Masse des Waldes um sie herum, mit der Dichte der Blätter und Zweige, wo kein einziger Stachel wuchs, es ging unter im Schwarzen und Undurchdringlichen, sodaß keine Erinnerung daran in den Chroniken der Stämme übrig blieb. Sie hatten ganz einfach ihre Ämter getauscht, der Herr über den Tag wurde der Herr über die Nacht und umgekehrt, und wie uns scheint, sprachen sie anschließend von dem Land, das in der Ferne besucht werden sollte, wobei sie sich fragten, ob damit alles Umherschweifen zu Ende wäre. So behauptete jedenfalls ein Zu-spät-Gekommener, vor etwa zwei oder drei Jahrhunderten – immer noch nach den Normen, die wir heute pflegen – die Zeremonie des Sprechens habe mit der Erwähnung des Landes geendet, zu dem sich der angeblich besiegte König begeben sollte, und wohin er auch tatsächlich aufgebrochen sei – Doch wo war es? Der Erleuchtete rief diese Prophezeiung der Vergangenheit über alle Ufer der Inseln aus, die später Markisen und Melanesien heißen sollten. Er rief auch, der König Hotu Matua habe es übernommen, die See zu befahren, und der König Ohatu Iima habe den Sieg übernommen, und damit auch, im Unbekannten und Ungehörten zu bleiben. Auf diese Weise, durch das Brandungsgeschrei dieses von den Göttern Besuchten, erfuhr jeder, wie die Namen der Könige HM und OII lauteten, die auszusprechen für den Rest ihres Lebens verboten war.

Aber du weißt nun auch, nachdem das Echo des besessenen Sprechers sich verloren hat, daß das Abenteuer des Insellandes darin bestand, diese Namen ihres Königtums zurückzulassen und dennoch in ihrem Geraune zu leben.

DAS FRIEDVOLLE LÄCHELN Betty Rapus und ihre ruhige Art trugen viel dazu bei, daß wir so einfach Bekanntschaft miteinander schlossen, von nah und fern, während wir real oder eher virtuell miteinander verkehrten. Wir beide, Sylvie und ich, waren wie zufällige Ethnographen, sie körperlich anwesend und vor Ort arbeitend, ich in der Vorstellung den gesamten Raum verschluckend, so würden wir die kleinen Verästelungen der Generationen abschreiten und die Wasserläufe der Genealogien hinaufpaddeln, mit dem Unterschied, daß wir uns in keiner Weise um die Nachkommen oder rechtmäßigen Erben kümmerten. Den echten Ethnographen bleiben die geheimen Quellen auf immer versagt. Uns ging es genauso, aber wir nahmen das gerne hin. Noch dazu hatte einer von uns diesen Raum ausschließlich in der Vorstellung erschlossen. Uns genügte zum Beispiel auch, nur die Hand zu berühren, selbst wenn es aus reiner Konvention geschah. Wir wollten keine Leute wie Vorzeigeobjekte aufmarschieren lassen, sie in einen von Informationen überquellenden Korb packen oder in ein Notizbuch oder eine Filmrolle, um dann Kommentare über sie abzugeben. Es ist schon schwer genug, sich einfach gegenüber zu stehen.

Sylvie trifft Nana recht selten, die Tochter von Joseph, dem Aufrührer, der auch ein Fremdenzimmer vermietet, da es praktisch die einzige Einnahmequelle ist. Selten trifft sie auch den Bauern namens Yurgo, einen eindrucksvollen Reiter, und Pirú, die die Insel sauberhält, eine echte Umweltschützerin, die alles im Blick hat. Die drei sind fast alle Tage am Drehort eines Films, zu dem sie beisteuern sollen, was sie von dem Land wissen. Sie sind mit Eifer dabei, nicht weil es Mode ist, oder um Geld zu verdienen, sie verlangen keines dafür, sondern weil sie hoffen, ein wenig von den fernen Welten zu entdecken, die sie dort ahnen. Die durchreisenden Filmemacher sind auf dieser Insel die Schleuser über die Grenze. Ein uralter Bildhauer namens Huke, der die Insel nicht mehr verlassen kann, schenkt diesen Leuten einen selbst gefertigten Moai, damit wenigstens die Plastik an seiner Stelle übers Meer und vielleicht in den Raum und die Zeit von früher gelangt.

Du findest Fotos dieser Personen in den materialreichen Werken über die Osterinsel, sie sind sichtbar und zugleich unsichtbar, und hauptsächlich darauf bedacht, ruhig zu überleben.

Es ist nicht nur schwierig, wenn du aufnehmen willst, was die Einheimischen über ihre Geschichte wissen (du stellst höchst ausgeklügelte Fragen und interpretierst danach die Antworten), oder wenn du damit künstlich eine Wissenschaft aufbauen willst. Es ist auch schwierig, mit ihnen zu teilen, was dunkel bleibt, oder immer dunkel bleiben wird und überhaupt nicht danach verlangt, daß es aufgeklärt oder aus ihm eine Lehre gezogen wird. Man könnte zum Beispiel diese Opazitäten vermischen, die von überall hereingedrungen sind, sie in Beziehung setzen zu den Eingebungen dieses Landes, etwa, ob es zu den Kontinenten oder Archipelen gehört. Die Besucher atmen die Insel ein, ganz langsam, wie um die nicht wahrnehmbaren Gerüche und Düfte herauszufinden, oder aber sie stehen enttäuscht da, ersticken, da sie nach einem Atem suchen, der nicht kommt.

Die Empanadas, die Zuckerrohrsäfte, die kleinen Ananasfrüchte, in die man einfach hineinbeißt, du hältst sie am Büschel mit einem winzigen Kranz von Stacheln, das übrige ist sorgfältig geschält, oder der sehr starke Kaffee, alles oder fast alles wurde aus der Ferne eingeführt, von Hawaii oder Chile, aber sofort völlig normal integriert, als wäre der Platz für diese Neuankömmlinge von jeher bereitet gewesen. Mit so vielen Früchten von außerhalb ist das Frühstück eine der Fastwahrheiten von Hanga Roa. Die Leute treffen sich dort recht häufig wieder, sie reden über Papa Kiko, beinah eine heilige Gestalt, zu alt, um das Haus zu verlassen, er ist ein Sänger des Gedächtnisses, man weiß nicht, ob er sich nicht bemüht, es zu verwirren wie das Kai Kai, das Fadenspiel.

Sie ähneln sich alle: José stammt aus Chile, wie die Ananasfrüchte, die er pflanzt, aus Hawaii stammen, oder Napo, ein Bildhauer, dem die Nachbildungen der Felsmalereien und Rongo Rongo-Figuren so gut gelingen, die einst die verlorenen Schriften der Gemeinschaft enthielten, doch er versucht nicht, ihren Sinn wiederzufinden, das ist nicht sein Ziel. Sylvie, die aufmerksame Besucherin, die über die Kunst verfügt, zu skizzieren oder abzubilden, und die das Wissen um Kräuter und Pflanzen mit den anderen teilt, und Nanas Mutter, die Zimmerwirtin, die ihren erstgeborenen Sohn in einer der Höhlen zur Welt gebracht hat, in der sie früher lebte, vielleicht wegen des Aufrührers Joseph, dessen Vater. Schließlich Maria, die alle vereint, sie ist eine alte Kleinhändlerin, sie kauft oder liest hier zusammen und verkauft es in Tahiti, wo sie Familie hat und ein kleines Stück Land besitzt, und rate mal, woher, *sie hat es geerbt*. Die Reisen im Flugzeug sind angenehmer und dauern nicht so lange, vorausgesetzt, es gibt Flüge, ansonsten sind die großen Schiffe schneller als die kleinen, wenn es Schiffe gibt. Maria treibt Handel mit Tahiti, um die Ware hier auf Rapa Nui weiterzuverkaufen, oder aber auf dem Kontinent in Santiago, sie stellt im Zeitraffer Geschichte, Bewegung, Schicksal, das Zittern des magnetischen Landes dar. Sie kennen alle die wenigen Wasserstellen, die über das Dreieck der Insel verteilt sind, wo das Wasser »wieder hoch kommt«, wenn es will.

SYLVIES ERINNERUNGEN. Sie sammelt sie so schlicht wie möglich. Oberhalb dieser Stadt Hanga Roa, der einzigen der Insel: der Ahu Tahai, ein dem Meer abgerungener Friedhof, drei Grabanlagen hintereinander, auf der ersten fünf Moai-Statuen in einer Reihe, auf der zweiten nur eine Statue, und die dritte Anlage trägt einen Stein, der der erste Moai sein könnte, der gehauen und aufgestellt wurde, der Ko Te Riku, er trägt den *pukao*, einen roten Haarknoten, und ist auch der einzige Moai, dessen Augen wiedergefunden wurden, nein, nur eines davon.

Auf jeder Grabanlage, auch *ahu* genannt, ein Zeremonienplatz: ein Haus-Schiff, *hare paenga*, und zwischen zwei Moai ein Steinkreis, in den das Medium zur Begegnung mit den Geistern tritt.

Im Süden von Hanga Roa: die Höhle von Ana Kai Tangata. Reste von Felsmalereien mit Vögeln, Fregatten, Pigmente in Weiß und Ocker, Regenwasser rinnt, weitere Vögel.

Der Krater Ana Te Pattu: zum Himmel offene Tiefgärten, in den Falten der Erde geschützte Pflanzungen mit Avocado, Zuckerrohr, Maniok, Bananen. Ein Reservoir für Trinkwasser, das aus dem Regen gewonnen wird. Aber die Bewässerung geschieht nur unterirdisch, sie begießt und nährt selbst die fernen Bäume, die Eukalypten und Avocadobäume. Die Krater stehen miteinander in Verbindung, das Regenwasser fließt vom einen zum anderen und die Pflanzen wachsen in diesen Kratern und Tiefgärten.

Die Moai empfangen die Energie und geben sie weiter, aber die Wandzeichnungen der Tiefgärten stellen Vögel dar, jeder einzelne ein Träger der Kräfte aus der Fremde, und die Ritzungen im vulkanischen Gestein zeigen Wesen mit Vogelköpfen und Fischleibern. Das heißt, sie fangen alle etwas ein, sie spüren die Luft- und Meeresströmungen auf und folgen ihnen, diese kreuzen und vermischen sich und umspülen die Insel, als wäre sie ein Schiff. Die Zugvögel bringen das Ei, (das die Welt enthält), nachdem der Schwimmer die Meeresströmungen und die schwindelnden Lüfte überwunden und das Ei geholt hat, garantiert dieses erste so gewonnene Ei die Macht für das ganze Jahr. Ebenso besitzt der heilige runde Stein, der sogenannte *Nabel der Welt*, etwa Eiform, er ist poliert und besteht aus einem Gestein, das sonst auf der Insel nicht vorkommt, und er befindet sich am Meeresufer und nicht in der Mitte der Insel. Er liegt am Zusammenfluß der Wind- und Meeresströmungen.

Der Eukalyptuswald: Pfade am Rand des Vulkans Rano Raraku. Ein paar Bäume mit bizarr verbogenen Ästen, man sieht sofort, sie sind bezeichnet, auf den Antillen würdet ihr sagen »beladen«, oder aber »besessen«, sie werfen den einzigen *Schatten* auf der Insel. Ihre schuppigen Blätter, die metallisch aussehen, rauschen, wenn die Winde abends auf das Wasser im Krater hinunterwehen, eine Musik der Dämmerung. Diese Eukalypten, die von Australien sicher erst nach dem Kahlschlag auf die Insel kamen, als kein einziges Gewächs überlebte, sammeln oder bezeichnen das Regen- und das Grundwasser, das heißt, ihre Zweige sind ineinander verschlungen wie Luftwurzeln, halten einander fest, um dem Durst auf diesem Land, das Regenwasser nicht zu halten vermag, besser zu widerstehen. Sie filtern die Winde und schützen die Insel. Als pflanzlicher Bruder des Moai verbindet der Eukalyptusbaum Himmel und Erde, spiegelt die Welt wieder und gibt den Menschen in der Nacht Orientierung angesichts des unermeßlichen Pazifik.

Betty Rapu spricht auch von Akazien. Du verläßt den »Wald«, in dem die Hitze fast aufgehoben erscheint, gelangst an einen Steinhaufen ganz in der Nähe, wahrlich fast ein Trümmerfeld von Steinen, es ist der Hotu Iti, »der sehr starke Mann«. Moai, Eukalypten und Sextanten sind die Navigationsinstrumente dieses Landes.

Die Insel ist mit Motiven des Universums unterhöhlt, tätowiert, mit Spuren von Lebewesen, die aus der Ferne kamen, Malereien mit Erdfarben oder weißen, gelben und roten Mineralien, *Migrantenwesen,* die sich mit sanftem Grün überziehen, lebendig werden, wenn Regen die Steinleiber einnimmt und langsam über ihre eingeritzten Züge gleitet, wenn der Glanz des Meers in verschiedenen Indigotönen sich mit dem Glanz der Sonne vermischt, und sie sich zu erheben scheinen, als ob sie den Horizont einholen wollten, um ihn zur Insel heranzuziehen.

Die Gärten. Sichtbar in den Teilen der Kavernen, die sich zum Himmel öffnen wie Brunnen. Vielleicht gehorchen sie dem selben Prinzip, das bei den kreolischen Gärten einst das Überleben der Sklaven sicherte: durch die Mischung der Arten, die sich gegenseitig schützen, hier stehen Avocadobäume neben Mais, Süßkartoffeln und Bananenstauden. Sie sind auch über Spalten im Fels miteinander verbunden, durch die das Regenwasser läuft. Ein Netz unterirdischer, von der Lava geschaffener Röhren zwischen den Orten der Insel leiten eine Energie, die die Träume der Männer und Frauen fortträgt. Der Fels ist ihr realer Raum, die Träume leben im Fels und leben in ihm wieder auf. Manchmal spürt man, wie die durchsichtigen Dämpfe das Gestein anheben und ihm Atem geben. Sie erinnern uns daran, das ist Betty Rapus Idee, daß die ganze Insel auf einem Süßwasserspiegel an den tektonischen Erdplatten entlang driftet, deren Verlauf nur die Zugvögel kennen.

Diese verborgene Wissenschaft liegt am Ursprung des Vogelmann-Kultes um Orongo, wo unzählige Steinzeichnungen vermischt zusammen liegen und sich gleichsam ins Meer stürzen. Dort befinden sich auch, in der Erde und im Fels verborgen, die Häuser der Priester, in Nachbarschaft des Vulkans Rano Kau. Sie sind die Herren aller Ströme, der oberen und unteren, sie heben den Meeresspiegel an, um die Fischer zu retten, wenn sie die Insel aus dem Blick verloren haben, was man nie wagen sollte. Die ganze Insel ist ein Vogelmann, und ein Schiff und ein Haus auf Irrfahrt, wenn einer auf dem unermeßlichen Pazifik abschweift und die Route der Sterne und der Strömungen aus dem Blick verliert. Der Zugvogel bringt dir die Fremde, er erneuert sich in dir, aber er fliegt auch bald wieder fort: Die Insel ist flüchtig und hat Dauer. Dies ist der Grund, warum du die Informationen so schlicht sammelst, es gibt so viele, du kannst nicht auswählen, du versuchst sie zufällig anzuhäufen, wie sie kommen, und sie reifen zu lassen, du unterscheidest nicht zwischen richtig und falsch, noch danach, was etwas zeigt oder verbirgt. Doch du irrst dich jedesmal, du bringst die Namen durcheinander, und mit den niedergedrückten und aufgestellten Gräsern sieht das Land aus wie ein großes gewelltes Schachbrett, das aus lauter schiefen Linien gezeichnet ist.

DER GIPFEL des Vulkans Rano Kau hat einen See in seinem Krater. Die beiden anderen Vulkangipfel heißen Maunga Terevaka und Poike. Wir finden ihn auf dem gesamten Gebiet Polynesiens: den Wasserkelch im Weg der Lava. Die dreieckige Insel hat drei Vulkane und drei kleine Strände, Anakena, wo der König landete, Ovahé und Hanga Vare Vare, und natürlich die Bucht von Hanga Roa, der einzige schiffbare Hafen, wo der Seefahrer La Pérouse an Land ging. Dann noch drei Felseninselchen, Motu Iti, Motu Nui und Motu Kao Kao, vielleicht die wichtigsten dieser Figurenfelder, jedenfalls spielt sich hier jedes Jahr das Drama um die Eroberung des ersten von Zugvögeln gelegten Eies ab, die Zeremonie des Tangatu Manu.

Die Bedeutung des Sees, wo das Süßwasser das Feuer ersetzt, sich gewissermaßen mit dem Feuer vermischt hat: Er ist ein Ursprungsort und der Spiegel der Götter. Sein Wasser reflektiert den Zug der Wolken, die die Winde anzeigen, sie kommen von weither und bringen Sande und Gedanken aus der Fremde. Der See ist ein lebendiges Behältnis der Existenz. Auf im Wasser schaukelnden »Pflanzentafeln« erkennen wir flüchtige Schriften, die plötzlich von den wirbelnden Gesten der Vögel, der Wolken und des Windes niedergelegt werden. Vielleicht erzählen sie von der Besiedlung durch eine geschwundene Bevölkerung, die hier Halt gemacht, sich hier niedergelassen hat, mit dem besiegten und bezeichneten König, dem Sieger und Geopferten, der die Ermächtigung von Rapa Nui empfangen hatte und ohne Mühe und Schwierigkeiten gelandet war, der die riesige Weite des Dreiecks verbunden und dessen Form vollendet hat, der die Fahrt des Bootes angehalten und es umgekehrt auf das Land gelegt hat, damit es für die erste Zeit als Haus diene.

Das war das Ende des Nomadisierens über das Dreieck und der Beginn einer neuen Welt, denn die Vorstellungen waren nicht mehr in Bewegung. Sie waren bereits mit einer anderen Unermeßlichkeit konfrontiert, mit der Zeit, die nicht vergeht. Jeder und alle würden nun von dem geistig bereits Erworbenen und den mitgebrachten Spuren weiterleben müssen, und mit den von den Schiffen abgeladenen Vorräten, die aufgeteilt wurden, ebenso wie der König den Besitz des Landes unter den sechs Familien seiner Söhne hatte aufteilen müssen, die sich fortpflanzen und sehr bald Clans bilden sollten.

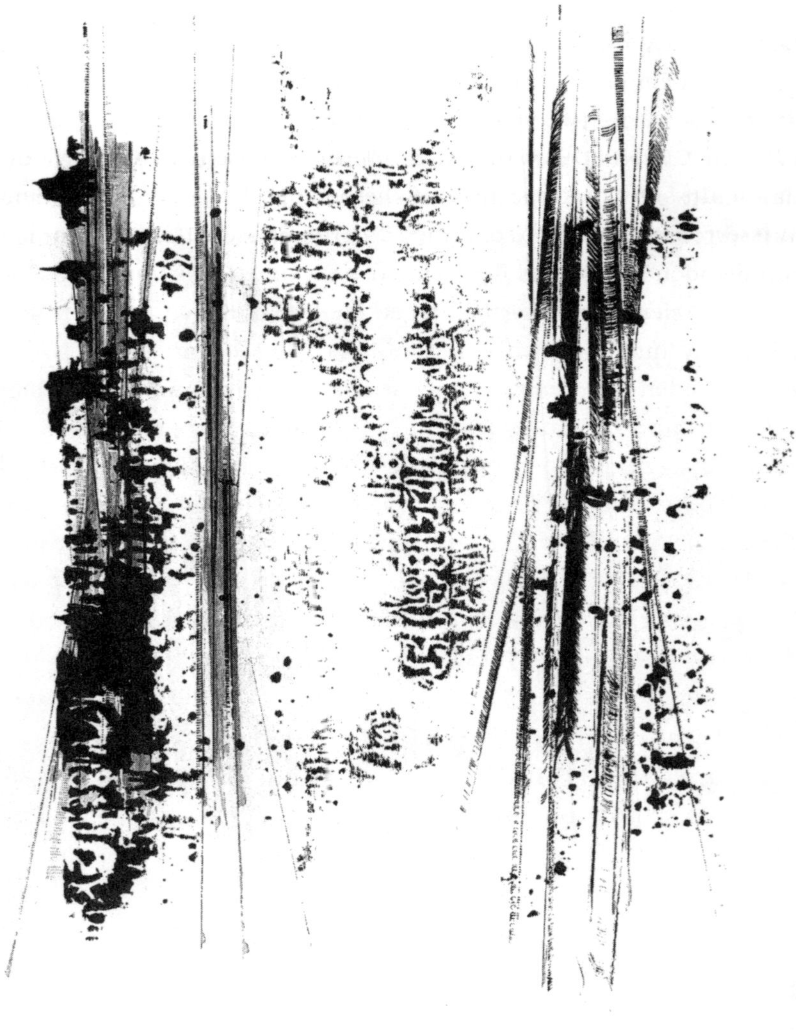

Pflanzliches Gedächtnis

DIE AM GRUND DES VULKANKRATERS wachsenden Gräser und das Schilf sind zu kreisrunden Scheiben geschnitten, die auf dem Wasserrollen, auf ihnen schreiben die Himmelsschatten mit den sich wandelnden Farben des Röhrichts das Sprechen, das von den Winden aus Asien oder Amerika hergetragen wird. Sie vermischen sich mit den Winden aus Mikronesien oder Neuseeland, geben Nachricht von den in Polynesien oder auf den Markisen angewachsenen Familien, und fliegen wieder auf, bis zu einer Pyramide aus Steinen, die aussieht wie ein Orientierungskegel, er dient als Sextant zugleich für Himmel, Erde und Meer. Oder aber sie fliegen bis zum Nabel der Welt. Alles ist sanft, und man fühlt sich vom Licht und der Hitze der Steine, dem Schlagen des Meers, der Winde und des Regens gestreift, der so leicht ist, daß er den durchsichtigen Augen der Einwohner gleicht. Dies steht im Gegensatz zu der Aggression, zu der Gewalt des Ortes und seiner Mythologien, den Geschichten, die nur aus Leid und Tragödien bestehen. Hier ist die Kette des Gedächtnisses abgeschnitten. Sie haben alles verloren, darin liegt das wahre Geheimnis. Haben sie es darauf angelegt, alles zu verlieren, und alles wieder neu zu beginnen? Dieses Volk macht dir nicht die kleinste Eröffnung, du stehst staunend verdutzt da, sie sind auf der Suche, nach etwas, was du ihre Identität nennen würdest, nach einer Vorstellungswelt, die stets von Hungersnot und Bedrängnis verdeckt war. Aus all dem irregegangenen Sprechen und weiteren Äußerungen weben sie ein neues Sprechen, das sie bereits in der Sprache der Tätowierungen auf ihren Körpern erprobt haben.

Deshalb wurde die Arbeit an den Tätowierungen überwacht, der Ritus und die genaue Ausführung sind von Bedeutung. In einer Kaverne oder einer Höhle des Inselchens Motu Nui, einem wichtigen Heiligtum, lebten zwei weibliche Geister, Vi'e Moko und Vi'e Kena, zusammen mit ihren Ehemännern, die keine Macht über die Geister besaßen. Sie tätowierten ihre Söhne Heru und Patu, und sicherten so die Kommunikation der Menschen mit dem Jenseits. Alfred Métraux liefert eine bedeutend komplexere Version dieses Mythos. Die heiligen Pigmente stammten von den Hängen des Rano Kau.

DIE INSEL hat die Umrisse eines Schiffs. Auf der Fahne der Insel ist ein Boot. In den Darstellungen hat der zeremonielle Brustschmuck der Könige die Form von Booten mit Doppelheck und, was ebenso wichtig ist, von einem Halbmond, oder einem offenen Dreieck, dem polynesischen Dreieck. An einer Ecke zeigt es ein weiteres, weit entferntes und ganz einsames Dreieck, dieses schließt den Bogen, hält die gesamte Oberfläche zusammen, und bei ihm handelt es sich um das magnetische Eiland. Das Dreieck ist auch ein Leib, am Leib des polynesischen Dreiecks stellt das dreieckige Eiland Rapa Nui die Extremität des Kopfes dar. Die traditionellen Wohnhütten haben ebenfalls die Form eines Bootes, das kieloben liegt. Aber die Einwohner lebten auch und vor allem in den Höhlen und vulkanischen Gängen, wo Lavaschlote Kammern bildeten, die als tabu galten, genau wie es in den fensterlosen Häusern mit Felsbrocken abgesperrte Kammern gab, in denen auch die Hühner gehalten wurden.

Die Insel ist in Bewegung, wieviele Zentimeter pro Jahr weiß niemand. Vielleicht wird sie einmal das Schicksal der Archipele teilen, die eines Tages, den ebenfalls niemand kennt, im Aneinanderreiben der Platten unvermeidlich in der Tiefe versinken werden. Die Vorstellungen der Bewohner der Osterinsel sind in Bewegung und bewegen sich über den Raum des Pazifiks, unter dem Mond des großen Dreiecks, auf der Suche nach dem verlorenen Sprechen. Das ist fast wahr.

Mundo

BETTY SAGT, die Insel gleite auf einem Süßwasserspiegel, *zu dem aber niemand Zugang hat*. Dieses Grundwasser ist nicht frei verfügbar, es mag die Bäume in der Ferne bewässern, aber man kann auf keinem Weg zu ihm gelangen, daher bleibt das Regenwasser überlebenswichtig. Die Höhlungen und Adern im Vulkangestein fangen den Regen auf, der überall herumfließt, er verbindet die Orte miteinander und läßt die Gärten im Fels wachsen. Noch ein gelebter Widerspruch, dieser unerreichbare Wasserschatz. Falls er wirklich existiert, paßt er hervorragend zu allen Geschichten des magnetischen Eilandes, und stellt in der Vorstellung den Gegensatz zu dem spärlichen Naß der Umwelt dar.

Das Eiland hat unaufhörlich leben wollen, sterben wollen. Die Bewohner haben unaufhörlich bleiben wollen, fliehen wollen. Ihre Handlungen scheinen auf eine absichtliche Auslöschung zuzustreben, scheinen sich auf das Elementare und Lächerliche beschränken zu wollen, sind aber geleitet von einem heftigen Wunsch nach dem Absoluten und nach *dem aus den eigenen Abgründen erworbenen Wissen*. Dies gilt zumindest für die bekannten Geschichten. Die acht oder zwölf Jahrhunderte zwischen der Ankunft des Königs und jenem Ostertag, als einem holländisches Schiff vor der Küste der Mast brach*, sind wie eine angesammelte Wassermasse, an der keiner trinken kann. Doch sie wollen sie nicht nur berühren, sie wollen sich satt trinken. Die gesamte Tragödie Polynesiens wickelt sich ab. Betty zeigt einen hüpfenden Film mit einer feierlichen poetischen Ansprache, die Pablo Neruda einst mit hoher Stimme und

*die Insel bekam ihren Namen; die Kolonisierung durch den Okzident begann. Anm. d.Ü.

auslandender Geste vor den Moai hielt. Betty hat den Text in sehr fetten Großbuchstaben auf vergilbtem Papier niedergeschrieben:

POR ESO HE PREPARADO ESTA
DECLARACIÓN SOLEMNE.
HOY 16 ENERO 1971 DOY POR DECIFRADO
EL MISTERIO DE LA ISLA DE PASCUA ...

Sie verteilt die vier kleinen Blätter an Leute, die den Inhalt nach ihrer Meinung zu schätzen wissen. Das zu entdeckende Gebilde ist flüchtig und machtvoll. Der einst als Eroberer angekommene Entdecker war bereits blind.

DER LETZTE KÖNIG Riko Roko, wenn das überhaupt sein richtiger Name war, wurde von den chilenischen Besatzern deportiert, wie alle, die Widerstand leisteten. Aber das war nicht das einzige Massaker, das verübt, noch die einzige Missetat, die bekannt wurde. Seit jenem Ostertag folgte unaufhaltsam eine Auslöschung der anderen. Die Priester hatten etwas von dieser ganzen Realität zum Einsturz gebracht. Die ersten, die von irgendwoher kamen – der Okzident ist immer ein Irgendwo – haben unaufhörlich das Geräusch mißverstanden, das von diesem Land ausging: »*Sie stehlen unsere Hüte*, wahrhaftig stehlen sie alles, was sie wegtragen können.« Wie hätten sie die Hüte nicht mitnehmen sollen, die aussahen wie umgekehrte Boote, das heißt wie Häuser, sie gehörten ihnen, sagt Betty lachend. Aber was ist mit ihrer abstoßenden Schamlosigkeit? Sie überlassen ihre Frauen irgendeinem von der Mannschaft! Ja ja, aber was sie suchten, das war schon damals die Vermischung, sogar wenn sie das nicht wußten, sagt Betty weiter, sie waren neugierig auf alle möglichen Vereinigungen. Doch warum dann diese Unverschämtheit? Sie erzählten dir echt und wirklich lauter Humbug, als dürftigen Tausch für das geringste bißchen Belohnung. Ja, sagt Betty, und was sie da erzählten, war die Wahrheit, die sich entzieht, die Fast-Wahrheit, und Herr Métraux hatte recht, wenn er seinem übersprudelnden Informanten glaubte, diesem Lepano (sic, d. Ü.)*. Von den Missionaren haben sie dann einen oder zwei gegessen, sie hatten sich das untereinander zur Gewohnheit gemacht oder zumindest den Versuch gewagt, in der

*der Informant heißt bei Métraux Tepano, Bettys Ungenauigkeit ist aber wohl von Glissant gewollt; Anm. d. Ü.

Hungersnot, sagt Betty und sie lacht nicht mehr. Sie richtet den Blick zum Mond und steht starr reglos da. Du weißt nicht, wie weit sie gehen würden, sie wollten die ganze Art ausrotten, sie auf das Elementare reduzieren oder auf die nackte Existenz, oder auf eine lächerliche Essenz, damit endlich alle Vermischungen möglich wären. Auch wenn sie alle Pflanzen gegessen haben, bis nur noch das *graue Moos das brennt* übrig war, dort auf den magnetischen Felsen, worauf dann andere Pflanzenarten eingeführt wurden, um überall alles zu schmücken. Da seht ihr den Fluch, sagt Betty, diese hartnäckige moderne Pflanze, die alles überwuchert, sie ist nicht zu stoppen, nicht auszurotten. Wie heißt sie? Heute bringt sie die Pferde um. Danach (oder eher davor) kamen die Schafzüchter von Australien und sperrten die Einwohner in den Pferch von Hanga Roa, denn das Land sollte für die Schafe da sein, sie durften als einzige frei überall herumspringen, wo sie wollten, zehntausende Schafe. Dann die Piraten, vielleicht sogar von den USA, sie trieben Sklavenhandel, deportierten Leute in die Ferne, doch die stürzten sich von den Schiffen und ertranken, denn sie wollten zwar verzweifelt die Insel verlassen, aber sie ertrugen es nicht, daß man sie mit Gewalt fortbrachte. Und die lachhaften Anstrengungen der Plünderer, Stücke von den Statuen mitzunehmen! Danach haben Peruaner alle Männer und Frauen, deren sie habhaft wurden, zum Guano-Abbau an den Küsten der Inseln und des Kontinents verschleppt, bis es dort vor diesen neuartigen Zwangsarbeitern wimmelte und sie scharenweise starben am weißen Schrecken, an Erstickung. Das ist Gotteslästerung, sagt Betty ganz nüchtern, daß der Vogelmann Tangata Manua so in den Tod geschickt wurde, bei den weißen Ausscheidungen all dieser Vögel des Kontinents und der Inseln. Nachdem offenbar nur noch hundert oder zweihundert von ihnen übrig waren, beschlossen verschiedene Behörden ihre sinnlose Rückführung nach Rapa Nui, es kamen aber nur etwa fünfzehn auf der Insel an, sie waren alle mit unheilbaren Krankheiten angesteckt. Bald blieben knapp hundert Bewohner auf der Insel übrig, der letzte Rest, der Bodensatz. Scheinbar war die Schwindsucht endlich erreicht, die Auslöschung in Sicht, es stockt dir der Atem, aber das magnetische Land wollte es noch nicht, es beabsichtigte, sich dem Unerträglichsten anzunähern im Ausschöpfen des Absoluten, wie schon zu Zeiten der großen Hungersnöte, als die Frauen und Männer wandelnde Skelette waren. Das beweisen die Holzschnitzereien, aber in Wahrheit war der Hunger beinah immer da. Das magnetische Land wollte bis zum Grund des unerreichbaren Wassers vordringen, es war nicht das erste Mal, daß dies in den trostlosen Geschichten von Rapa Nui vorkam: Bei etlichen Gelegenheiten, wie in den 1950er Jahren, hatten sich die Bewohner nach Tahiti und auf die anderen Inseln Polynesiens retten wollen. Aber obwohl diese Seefahrer sich ihr Wissen und ihr Vertrauen auf den Mond bewahrt hatten, wessen sie sich gerne rühmten, zeigten die zusammengezimmerten Boote (unserer Tage) nicht mehr die Hochseetauglichkeit der Pirogen, die über den ganzen Pazifik fuhren, und es gab so und so viele Schiffbrüche. Einige wenige erreichten dennoch die andere Küste und besitzen jetzt ein bißchen Land auf Tahiti und in der Umgegend, das sie weiter vererben. So hatten alle Völker dieser Gegenden, die fernen USA, Chile, Peru, Australien und Neuseeland zu dem Massaker an den Bewohnern und an diesem Land beigetragen.

Die meisten Einheimischen hatten sich schon lange die alten Lumpen vom Leibe gerissen, sie kehrten zu ihrer ursprünglichen schwarzen Blöße zurück. Anschließend kleideten sie sich neu, in das Kleid eingerollten Sprechens, die schwarzen Tätowierungen auf ihrer Haut. Sie begannen wieder die Motive von Rongo Rongo nachzuzeichnen oder die Linien der Steinritzungen oder die dreieckigen Lochmuster der verflochtenen Fäden des Kai-Kai-Spiels, ein Spiel der Hände und ein Ratespiel, das den polynesischen Seekarten mit ihrem geradlinigen Gittermuster gleicht, in dem die Inseln eingesperrt erscheinen. Der mächtige Gott Make Make wird in den Höhlen fast unter Meeresniveau und in den Kavernen oder in den

Spuren toter Bäume, Spuren der Rongo Rongo-Zeichen

Holzskulpturen halb als Mensch, halb als Vogel dargestellt, da er mit dem Ritus des Vogelmanns verbunden ist. Er, der einzige Gott, den man nur auf Rapa Nui findet, soll hinten in einer dieser geheimen Höhlen stehen, wo seine Augen dich beobachten, sobald du dich näherst – hier stockt dir der Atem ein weiteres Mal, weder diesem Gott noch der Insel Rapa Nui scheint diese schwarze Entblößung und diese Körperschrift gefallen zu haben. Es mußte erst die fast vollkommene, ins äußerste getriebene Zersetzung erreicht werden, bevor endlich eine spürbare Besserung eintrat, und sie war unvorhersehbar und daher nicht vorherzusagen: Die undurchdringliche, tiefreichende Unbedingtheit wandelte sich in eine ruhige, banale Bereitschaft zu denkbar leichten Verbindungen, ganz gewöhnlichen Rassenmischungen in allen möglichen Mischungsverhältnissen. Aber es trifft nicht zu, daß diese Vermischungen die Urkraft verfälscht hätten, denn sie strebte schon immer nach Teilhabe und Gemeinsamkeit. Die magnetische Kraft des Landes schützt jene, die kommen und verstehen, auch jene, die kommen und zusammenführen, ohne daß das Unbedingte unbedingt verloren geht, auch ohne daß das Grundwasser verbraucht oder verschmutzt wird. Und ohne daß die Verlorenen und Besiegten von ihrer Niederlage gezeichnet wären. Sie waren im Gegenteil bestimmt zu einer neuen Irrfahrt und einer plötzlichen Vereinigung mit den Verschiedenheiten der Welt, da kannst du wieder frei atmen, sie hatten sich überall verheiratet, nah und fern, mit Deutschen und Franzosen, aber zuerst und vor allem mit Polynesiern, wie auch mit Amerikanern und Chilenen. Und sie teilten dabei nicht nur ihren Körper und Geist, sondern auch die Rasen und das Moos, die gereihten Steine am Meeresufer als Sextanten, als Wachen im Gegenlicht, wie auch die Deutung der Sterne und der Vögelzüge, und heute würde die Welt oder das unermeßliche Dreieck des Pazifiks um sie her, niemals wieder die sichtbare und unsichtbare Insel wegstoßen.

SYLVIES MEINUNG. Dann sprechen sie von ihren Vorfahren. »Alles verloren zu haben hat *ihnen* vielleicht eine schärfere Wahrnehmung von den Zwischenräumen und den Kerbungen unserer Träume und Energien gegeben, von den verwickelten Fäden der Räume, die wir teilen.« Sie sagt: »Wenn ich mit Maria, Betty oder den andere zusammen war, stellte die Sprache kein Hindernis dar, unsere Gedanken berührten sich, als kannten sie mich schon, als spürten sie sofort, was ich empfand und umgekehrt, es ging mir wie in meiner Familie, ich wußte, wir würden uns auf jeden Fall verstehen: Klingt wie eine Romantisierung der Beziehung zum anderen, oder? Und doch ist es wahr.« Fast.
(Und was ist überhaupt das Ihre, eine Irrung, die dir Raum gibt, und die uns in die Lage versetzt, zu unterscheiden, zu urteilen und niederzuschreiben?)
»Heute ist die Welt da. Die Kinder werden nach Chile geschickt, in den ausgewanderten Zweig der Familie, um die Ausbildung abzuschließen. Das geschieht ganz unaufgeregt. Einige von ihnen kommen jetzt zurück und versuchen sich in Geschäften, eröffnen Schulen, ein paar Läden. Die meisten leben an allen Orten zugleich, sie arbeiten in Chile, besitzen ein Haus auf der Insel, das sie mit ihrer Familie und der älteren Generation teilen, sie verbringen die Ferien auf Tahiti, manche auch in Frankreich, sie studieren häufig in den USA, vor allem Fernsehtechnik. Sie sind begabt für die neuen Medien, sie haben ein Gespür für die Strömungen, die Winde, die Bewegung der Sterne, wie die Isländer und manche Ureinwohner Nord- und Südamerikas. Sie beweisen eine große Fähigkeit, sich an allen Orten zu entfalten, sie kennen sich auf den Routen der

Welt schon aus, und wie für die anderen Bewohner von Inseln und Archipelen gilt auch für sie (die Sarden unterscheiden fünf Großwinde, die sie an ihrem Stand oder in der Werbung feilbieten wie Waren auf dem Touristenmarkt, oder wieder die Isländer, die Spezialisten für Moose und Flechten sind, und die Leute von den Antillen, die ebenfalls Brotfrüchte essen und Yams, und die Korsen, die noch jüngst eine Vorliebe für Frachtschiffe hatten, und all die anderen, die von Süß- oder Salzwasser umgeben leben), man trifft immer einen von der Osterinsel, wo man auch hinkommt.

»Die Moai«, Orte zitternder Dichte, wurden von Archäologen wieder aufgestellt, gegen den Willen der Einheimischen, die wissen, daß ihre Götter dort nicht wohnen. Diese Riesen im Weltenboot schauen vielleicht, ohne daß wir es wissen, auf uns. Ursprünglich waren alle Moai, bis auf eine Gruppe, die vielleicht der Verbindung diente, zum Innern der Insel ausgerichtet. Sie kümmerten sich um die Menschen vor Ort, sie übertrugen ihnen die Kräfte aus der Fremde, die sie in den Sternkarten und den sich kreuzenden Strömungen des Himmels lasen. Heute schauen sie heimlich auf diese Fremde, *aber sie haben die Augen verloren*. Nur ein Auge wurde von einem Onkel Bettys gefunden, von Sergio Rapu, einem pascuanischen Archäologen. Die Moai sehen die Luft- und Meeresströmungen nicht mehr. Vielleicht wollen die Menschen von Rapa Nui damit sagen, daß sie es sind, die heute die Welt im Blick haben. Sie haben dafür den Preis gezahlt, auf das Elementare reduziert und vom Absoluten verlassen worden zu sein, dabei schauen sie mit den verlorenen Augen ihrer alten Moai, Augen, die in ihnen drinnen sind. Ja, das ist es, in sie hinein haben sie sich geflüchtet, und du kannst lange suchen, du wirst sie nicht finden. Du wirst dich diesem Geheimnis nicht einmal nähern.

WIE BETTY, die Französisch spricht, sprechen die Pascuaner mehrere Sprachen, die Landessprache Rapa Nui und Spanisch, häufig Englisch, die Geschäftssprache, und manchmal Französisch, wegen Tahiti. Sie heißt Ammy, und es gibt keinen Grund zu glauben, daß die anderen sie auf Abstand halten, es herrscht keinerlei Peinlichkeit, wenn sie kommt, und kein betretenes Schweigen, wenn sie gegangen ist. Sie lacht mit allen, in einer Art zu lachen, die Verbindung schafft und Vergessen erleichtert, ohne den Schmerz zu mindern. Aber sie scheint daneben von einer Arbeit eingenommen, die zeitraubend ist und sie von ihren Freunden fernhält. »Ach!«, flüstert schließlich eine namenlose Stimme im Kreis der Jungen, der Alten und der Frauen, die eigentlich noch Kinder sind, als sie eines Morgens um die Ananasverkäuferin stehen und schwatzen, »es ist wegen ihrem Lepono.« »Welcher Lepono? Der Informant von Herrn Métraux?« »Nein, der hieß Lepano.« Hier die Geschichte: Ammy und Lepono trafen sich völlig frei, bis ganz allmählich ein Gerücht andeutete, woher, von wem aufgebracht? Ihre Eltern stammten angeblich aus der gleichen Familie, um wieviele Ecken war nicht zu ermitteln. Das war das unüberwindliche Hindernis für jede geplante Verbindung, die Heirat war unmöglich geworden. Seit dieser Zeit ging Ammy zu diesem und jenem nachfragen, suchte, recherchierte, quetschte die alten Leute aus, machte den Behörden Dampf, schrieb Register ab, um zu beweisen, daß sie keinesfalls die Cousine von Lepono war, nicht mal um zehn Ecken. Dieser ließ sie forschen und wartete ab. Die Männer halten sich zurück, wenn es um Tabus geht. »Sie brauchen doch nur runter nach Tahiti zu fahren«, rief Maria, »dort kennt sie keiner. Na, und ich verpachte ihnen mein Stück Land für den Anfang. Worauf warten sie noch?«

Ich warte auf die Fast-Wahrheit, sagt Ammy. Wie soll man sich ausmalen, daß diese Könige Häuptlinge Vorfahren dir verbieten untereinander zu heiraten? Sonst schauen sie nicht mal hin, wenn du dich zu zweit in den Höhlen und Kavernen herumtreibst, wenn du dich zusammen im Ufersand wiegst, in einem Winkel am Meer, nein nein, ihr könnt euch zehntausendmal an einem Tag in der gleichen Nacht ineinanderwurzeln, selbst mit zehntausend Stechern haben sie nichts zu tun, es interessiert sie nur, daß du nicht mit einem in einem Haus einem Boot unter einem Hut zusammenbist, dessen Ur-Ur-Ur-Großmutter an der Ecke deinem Ur-Ur-Ur-Großvater guten Tag gesagt hat! Sowas wird hier verteufelt verdammt, sie lassen es kein bißchen zu, daß deine Familie auch nur einmal ihre Spur in eine der anderen gelegt hat. Doch bei den vielen Massaker Raubzügen Verschleppungen, wer weiß, ob Lepono nicht von einem peruanischen Korsaren abstammt, Sproß einer Meereskreuzung ist? Wir leben verfluchte Tabus ohne neuere Regelungen, nach Gesetzen aus Vorzeiten, die keiner in Rapa Nui mehr will. Wer war denn dabei, als der namenlose König das Land an die zehn Familien verteilt hat? Ihr habt selbst gesehen, Lepono ist kein sehr guter Reiter, aber alle meine Vorfahren sind Ritter! Sagt mir, wo sind die Beweise, die Spuren, ich werde nicht aufhören, nachzuforschen. Wenn mir jemand das Gesetz entgegenhält, dann sage er mir, welches Gesetz, dann muß er mir die Beweise, die Beurteilungen Listen Litaneien Lieder Gedichte bringen.

Sie arbeitet ruhig im Archiv der mütterlichen Linie, es läßt sich keine sanftere Rede vorstellen als ihre. Sie errichtet keinerlei Barriere zwischen sich und dir. Die Kleinhändlerin Maria, die das gesamte Gebiet des großen Dreiecks der Inseln befahren hatte, richtete nun das Hauptaugenmerk ihrer Beobachtungen und Untersuchungen auf Ammy. Wenn einer frei von Sorgen ist, lehrte Maria, wenn er ganz friedlich die Zeit betrachtet, kommt er irgendwann dazu, dir das *Abbild des Tags und der Nacht* zu entwerfen. Ammy hingegen kürzt es ab und sagt gleich es ist Tag Nacht. »Und, *y, and,*« diese Verbindungswörter, lehnt sie ab. Man wüßte gerne, was sie in ihrer Sprache darüber sagt.

Die Figuren oder Glyphen oder Ritzungen der Rongo Rongo sind nicht nur rätselhaft, sie stehen mit anderen Darstellungsformen auf der Welt in einem geheimen Zusammenhang. Die Rongo Rongo, das sind hölzerne Tafeln mit gekerbten Figuren, von denen nicht bekannt ist, ob sie eine Schrift beinhalten oder Beispiel für eine Ästhetik enthalten. Eine dieser Figuren, mit stärker humanoiden Zügen, findet sich in den Steinzeichnungen von Toro Muerto in der Gegend von Arequipa in Peru, die gleiche Form zeichnet sich in den emblematischen Werken der Dogon in Afrika ab, die auf den Titeln des Magazins *Présence Africaine* stilisiert abgebildet sind, die gleiche Form zerstreut und sammelt sich in den Bildnissen der afrikanischen Diaspora, etwa bei den mit Mehl gezeichneten Vévés vor den Voodoo-Tempeln und -Altären auf Haiti, und immer noch die gleiche Figur tritt zuweilen in den Schriften der Maya und Azteken auf. Was soll diese Figur? Handelt es sich um eine der universellen Formen, deren Kategorien erfunden wurden, um uns von der »Unähnlichkeit im Gleichen« zu überzeugen, von den Unterschieden bei aller Ähnlichkeit? Eine betende Frau, ein klagender Mann, ein staunendes Kind mit hochgereckten Armen? Über die Steinblöcke, die gehauen und zur Mauer des Ahu Vinapu aufgestellt wurden, mit einer Technik, die für Rapa Nui einzigartig ist, sagen ernstzunehmende Autoren, daß sie verblüffend an die riesigen Steine und megalithischen Blöcke der Festung von Sacsayhuamán in Peru erinnern, welche zum Schutz der Hauptstadt Cuzco diente. Sie seien mit der gleichen großen Genauigkeit zugeschnitten und eingepaßt worden. Doch läßt sich nicht ebensogut behaupten, daß sich in ihnen das Zirkulieren der Formen ausdrückt, die von allen Seiten auf uns eindrängen, ohne daß wir uns über sie schlüssig würden? Die Welt war bereits da, auf Rapa Nui, durch die Schönheit und Sakralität dieser Formen. Heute fließen die bekannten Welten, vermittels der allgegenwärtigen Beziehung zur Welt und ihren Vermischungen, mit der größten Ruhe über das magnetische Land.

Die Luft ist noch immer so leicht. Sie wird trocken und feucht zugleich, mit kleinen kalt-heißen Schweißausbrüchen, die sich auf genau abgegrenzten Zonen des Körpers zeigen, als wären es ausgestanzte Inseln in stillen Meeren, und sie führt zu einer unwillkürlichen Freude am Einatmen, oder fast. Alle haben kindische Lachanfälle, keiner empfindet es peinlich oder beschämend. Entspannung und Frieden sind mit dem Flug dieser Vögel eingekehrt, die vom Ende der Welt herüberkommen.

DAS IST ES ALSO, was den Eindruck einer leichten Banalität hervorruft, wenn wir einen Film im Kino sehen, der Inseln und Archipele des großen Dreiecks Polynesien überfliegt: Ach, da ist ja der Gott Make Make, oder sein gleichrangiger Vetter, und hier der Moai ist eigentlich eher klein, die schwarze Spitzenklöppelei in der Milch der Gischt ist vom gleichen Vulkangestein, und die Stöße dieses Tanzes haben wir schon in Hanga Roa gesehen. Aber Schönheit ist einfach und komplex, es gibt nie das Geheimnis allein. Warum nicht annehmen, daß diese Ruhe mit einem Hauch Tragik, die sich von Tahiti bis Vanuatu hin zu allen Markiseninseln zieht, von einer folkloristischen Gefälligkeit begleitet ist, weshalb wir nie wissen, ob sie ein Gewährenlassen bezeichnet oder sich in ihr eine hintersinnige Provokation abzeichnet. Vielleicht ist sie nur darauf gerichtet, ihre Auffassung vom Vermischten zu verbreiten und zugänglich zu machen, die sich zuerst ausgerechnet hier auf diesem magnetischen Eiland konzentriert hat, gerade auf dieser Insel der Unordnung und Erschöpfung. Es hat sich herausgestellt, daß sie ein Nabel der Welt ist: ein Ort des Todes und der Geburt, wo diese Banalität aus dem dichtesten Geheimnis hervorgeht und seine Form von der legendärsten Einzigartigkeit empfangen hat.

Auf allen diesen Archipelen pulsieren in den Pflanzengärten fette runde Energien, die nicht aggressiv sind, die nichts Scharfes zulassen, keinen einzigen Stachel. Nichts piekst, du kannst dich ohne Angst in ihnen wie eine Kugel rollen. Der Boden wird aus vielen ebenso runden Körnern gebildet, ocker, gelb oder blau, die lebhaft elementare Kräfte ausströmen, und daneben schlagen die tosenden Wogen krachend auf die Felsen im Meer, damit niemals ein Lebender herüber kommt.

DER AUFRÜHRER JOSEPH ist der Vater von Nana. Er starb eine Woche, bevor der Schoner die Insel wieder verließ. Vielleicht mußte seinetwegen Nanas Mutter ihren erstgeborenen Sohn in einer der Höhlen zur Welt bringen, die häufig den Verwirrten als Unterschlupf dienten. Joseph trägt seinen Leib durch Rapa Nui spazieren wie einen Moai, mal läßt er ihn auf dem kurzen Rasen kaputt herumliegen, mal schief in den Boden gesteckt, oder in ganzer Länge hingestreckt wie ein letzter vergessener Baum. Wenn er sich bewegt, dann mit der vorsichtigen Langsamkeit der Statuen, die aus ihrem Steinbett herausgeholt und auf einen *ahu* gestellt werden, manchmal fällt er auch lang hin wie sie, am Straßenrand, nutzlos geworden durch den Fluch. Er hat immer nur Verweigerung und Widerstand gekannt. Gegen die Peruaner und Chilenen, die Händler und Wucherer, die wöchentlichen Flüge, die Leute, die nach Tahiti gehen und die von dort zurückkommen, die Statthalter und Gouverneure und die unverschämten Kinder, die nichts von der Vergangenheit wissen. Er ist höchst explosiv. Über seine Abstammung herrscht kein Zweifel, aber es kommt einem vor, als hätte er sich von dem nicht weiter bezeichneten Zweig einer Familie gelöst, die alles für so viel Widerstand gegeben hätte. Er ist wie das erste Ei im Frühjahr, das der Schwimmer mitten zwischen Haien herausholt und das durch den Fluch am Fuß des letzten Kliffs zerschellt. So will Joseph die Welt nicht anerkennen, oder die Vermischungen und Paarungen, das Leben, das banal wird, oder die schwer beladenen Dreiräder, auf denen Lebensmittel verkauft werden. Er geht barfuß, da er die Plastiksandalen nicht erträgt. Er springt von Fels zu Fels. Er stürzt sich zu Tode in dieses Meer.

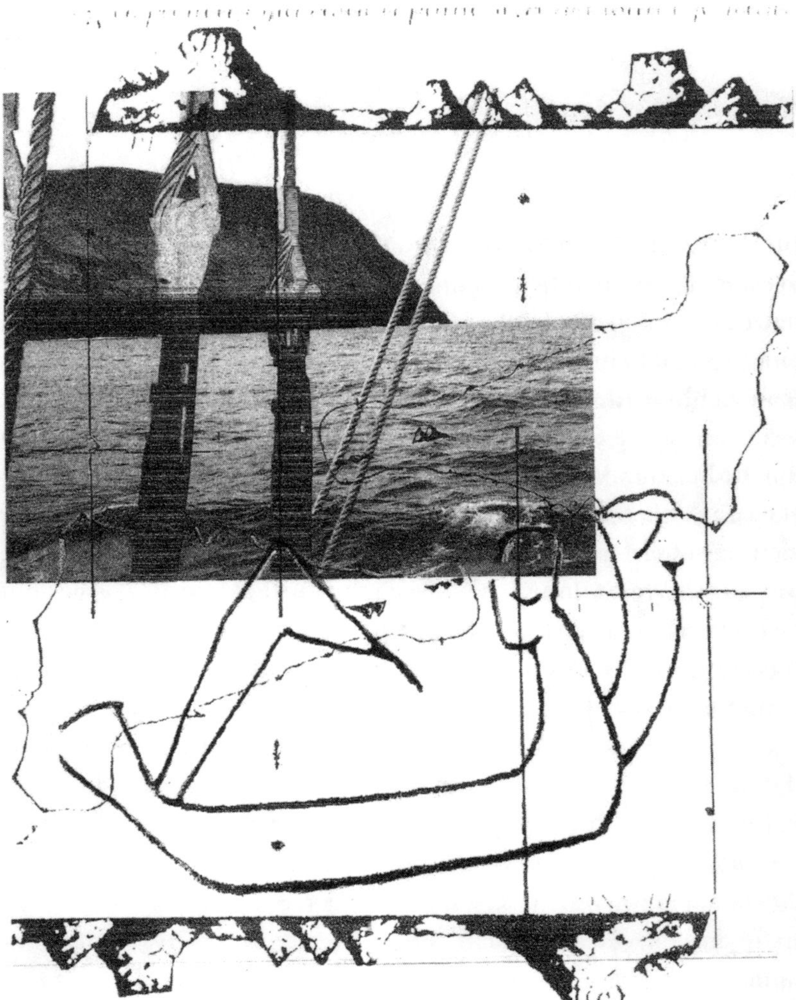

Die Navigation über den Pazifik

DIE SCHWEIGSAME Besucherin erinnert sich, daß die Bewohner des amerikanischen Kontinents in erster Linie die Sonne verehrten, das Gestirn mit der größten Bedeutung für sie, während die Einwohner der Osterinsel, und vielleicht die Polynesier, sich zuerst dem Mond zuwandten, da sie seinen unsichtbaren Anziehungskräften unterworfen waren. Sie nimmt als Erklärung an, daß für die Pascuaner der Mond wirklich ein Boot bedeutet. Wenn der Halbmond im Gleichgewicht schaukelt, ergibt dies ein vollkommenes und vollkommen harmonisches Bild, der Mond ist das Boot, es überquert das große Dreieck und führt zum Universum. Der Neumond ist bei den Pascuanern höher gestellt als der Vollmond. Das magnetische Eiland ist wirklich ein Schiff, und an seinen Rändern finden sich Sextanten in Form von pyramidenartigen Türmen oder *cairns*, mit denen sich die Position berechnen läßt. Sie sind mit Geduld aus übereinandergeschichteten Steinplatten entstanden. Dies bedeutet, daß jeder dieser Steine in sich das Schweigen dessen trägt, der ihn aufgenommen und vorsichtig auf die anderen gelegt hat. Etwa wie bei den *cairns*, auf Island, an der Straße zwischen Rejkjavik und dem Flughafen auf der Seite zum Meer, oder in den Pyrenäen, oder im Himalaja (die wir auf Fotos bewundern). Er legt damit eine weitere spirituelle Schicht auf die Erhebung, die die Zeit und das Licht markiert, mehr noch als den Raum. Er legt zwischen die kleinen mineralischen Tafeln, die plötzlich einzelne unzusammenhängende Silben tragen und schon so lange auf Irrfahrt sind, das Sprechen derer, die nicht überlebt haben, so daß man manchmal glaubt, nie gehörte Stimmen zu vernehmen. Diese Sextanten stehen an ausgewählten Stellen, ihre Gipfelpunkte sind über unsichtbare Fäden verbunden, mit ihrer Hilfe lassen sich die Himmelszyklen berechnen, die Strömungen, die Fische bringen werden, die Routen, denen die Boote folgen müssen, und vielleicht gar die Navigation für dieses magnetische Eiland auf dem großen Ozean. So stellst du dir das vor. Sie bezeichnen, ohne daß du es wirklich wüßtest, Orte die *tapu*, tabu, sind, du umfährst sie im weiten Bogen, ohne weiter auf sie zu achten. Leute, die sie konsultieren, werden wohl ebenfalls nur von Ferne zu ihnen hinsehen, einen Raum erspürend, der sich nicht zeigt. Das nimmst du an. Ähnlich, wie du deine sparsamen und etwas brackigen Duschen nimmst, wie in der Kabine eines Dampfers ohne Komfort, obwohl dieses Land-Schiff Rapa Nui unablässig auf unergründlich tiefen Massen Süßwassers von einem legendären Blau umherfährt, die nutzlos und allmächtig sind.

Rapu

ZEIGT NOCHMAL das Kai-Kai, das Spiel mit den Fäden, die zwischen den zehn gespreizten Fingern gespannt, alte oder auch lustige Geschichten erzählen. Dazu die wertvollen *marine charts* der Polynesier, ein Gewirr von Bambusstäben und geraden Holzstöckchen, die die Meeresrouten und Strömungen auf dem Pazifik darstellen, um Muscheln herum, die die Inseln bezeichnen und in die Kreuzungspunkte der starren Linien eingeklemmt sind. Jede dieser Linien ist eine Spur der Erinnerung, welche an der Basis des Imaginären, der Vorstellungswelt liegt. Jede Linie ist erfüllt von den Wanderungen des Geistes, der seine Existenz träumt. Auf diese Weise gibt es zwei Hauptarten der Kommunikation. Diese hier, mit den starren Linien der Hölzchen und der Schnur, die erfunden wurde, um das Reale zu verdoppeln oder die Berichte zu entschlüsseln. Dann die andere Art der Kommunikation, die über die Windungen und Andeutungen der Tätowierung auf dem Leib der Insel und dem Leib der Menschen verläuft, und mit der die Energien eingeschrieben und zum Leben erweckt werden können. Sie unterhält eine Sprache mit dem Universum, wenn der Regen durch die geritzten und tätowierten Zeichen an den Höhlenwänden rinnt. Von den beiden Arten der Verständigung ist die erste radikal und direkt, sie geht über das reine Symbol und die mathematische Sprache (die Kombination zwischen den gespannten Schnüren und den gekreuzten Bambusstäben ergeben offenbar den kürzesten Weg von einem Punkt zum anderen). Die zweite Art der Verständigung ist verworren, aus lauter Eingerolltem und Abgründigem. Aber es gibt auch *den sprechenden Stein*, der dich aufschrecken läßt, wenn der Tag sich neigt, wie das Geräusch eines Schiffs, das an der Vertäuung zerrt. Gesichter, richtig mit zwei Augen und einem Mund, Masken aus Stein. Leute, die es nicht aushalten, ohne eine Botschaft zu verkünden, eine Fast-Wahrheit, einen Glauben, oder ein Unglück, oder aber eine unerträgliche Freude, oder vielleicht auch nur eine zu große vor sich hin schwitzende Langeweile, gehen und blasen durch die Münder, und die austretende Musik wird von einigen entziffert. Der sprechende Stein zeigt eine Verknüpfung: *der Mensch kommt vom Wind,* hat der Reiter Yurgo, ein vorausgaloppierender Bauer und Nanas Freund, den Leuten vom Filmteam anvertraut, die ihn in der Nacht vor großen lodernden Fackeln filmten. Schon am 16. Januar 1971 hatte Pablo Neruda einen Gesang über dieses Geheimnis angestimmt, und zwar ohne einen einzigen sprechenden Stein zu Hilfe zu nehmen:

ANTE QUE HOTU MATA AQUÍ SE
ESTABLECIÓ EL VIENTO.
ESTA ISLA ERA EN VERDAD EL CORAZÓN
DE VIENTO EL VERDADERO OMBLIGO
DEL MUNDO.*

Man legt die Hände flach auf den Fels, der rund ist wie ein Ei, nachdem man sich in die ringförmige Umrandung aus Erde gekniet hat, man ist zwischen zwei kleineren von vier Felsblöcken hinzugetreten, die um den zentralen Stein zu kreisen scheinen, wie in einer Galaxie. Die Planeten kreisen um das Urgestirn, das mit seinem Magnetfeld hergebracht wurde. Napo sagt, so viele Leute kommen von überall, um ihre Hände auf den Stein zu legen, den Nabel der Welt, und damit in eine Art Kontakt und Verbindung zu allen bekannten und unbekannten Orten zu treten. Der Stein wird Atem, in einige dringt er für immer ein.

---

* Vor Hotu Matua hatte hier/der Wind sich eingerichtet./Diese Insel war in Wahrheit das Herz/des Windes der wahre Nabel/der Welt. Anm. d. Ü.

Wir haben Pablo Nerudas anderes großes Gedicht gelesen, das er der Osterinsel widmete, *La rosa separada*. Ich hatte zwischen meinen Papieren die französische Übersetzung Max Clarac-Sérous bei meinen vielen Umzügen von Wohnung zu Wohnung geschleift.

Ein zerbrechliches Mittel der Kommunikation mit den Mächten des Universums besteht offenkundig in einer kleinen Eidechsenart. Ihre flinke Bewegungen fließen in die geschlossenen und runden Formen der Rongo Rongo wie auch in die Rhizome der Steinzeichnungen in den Höhlen ein, in die *Wellenlinie* der magnetischen Kraft: Manche jungen Frauen sagen, es käme vor, daß eine von ihnen ein solches Eidechschen zu ihrem Schutz im Haarknoten aufzieht. Sie fassen sie sehr vorsichtig an, so behaupten sie, um sie in ihre dichten Haare hineinzusetzen. Wir wollen es glauben. In anderen Ländern trugen die eleganten Damen ja auch *mouches**, wenn auch künstliche, auf ihrer Haut. *Tausend Jahre absoluter Isolation* haben bewirkt, daß die Räume der Erde für die Pascuaner zu Räumen in der Vorstellung wurden, zu denen sie sich im Geiste versetzen und in denen sie seit langer Zeit unterwegs sind.
Die Graveure und Tätowierer, die diese Räume fixieren und sie zugleich entziehen, haben eine heilige Aufgabe, wie wir sagen würden, und ohne daß es dir auffiele, sind sie in diesem Land hochgeachtet. Ebenso die Bildhauer, selbst wenn sie dazu übergegangen sein sollten, angeblich echte Stücke speziell für Touristen herzustellen. Prangert nicht die Täuschung und Fälschung an! Die Kunst sprudelt nicht mehr herauf, sie ist starr und defensiv geworden. Sie entzieht nicht länger die Realität, um sie besser zu bezeichnen, hinter ihre wirbelnden Formen. Die Kunst wandelt sich zur Folklore, insbesondere, wenn sie nicht mehr den Mut hat, in die Tiefe zu gehen. Die Pascuaner wollen nicht mehr Dienstboten in einem Museum für die Welt sein. Und die Stimmen der Dichter haben sich vielleicht verloren.

---

* frz Mücke; Schönheitsfleck; Anm. d. Ü.

AMMY REISTE in Hanga Roa umher, trieb Expeditionen bis Rano Raraku, fuhr hinauf nach Anakena, suchte *el ombligo del mundo* auf, immer ihre Wahrheit herausschreiend und verfolgend, daß ein gewisser Lepono Kano kein bißchen aus der Familie von Ammy Nako stammte, daß alles an den vier Buchstaben dieser Namen hier lag, wie sie sagte, vier Buchstaben Vokale Konsonanten haben noch nie eine Verwandtschaft Familie ergeben, höchstens wenn du zurückgehst bis zur Aufteilung des Landes des Besitzes wir sind alle mit dem König Hotu verwandt und versippt, die Schiffe wurden an Land gezogen aufgereiht eingerichtet, der König nimmt Erde Sand in die Hand er wirft beides in den Wind, er hat einen Teil für den anderen König reserviert, der als besiegter Sieger auf den Inseln dort hinten im Dreieck geblieben ist, keiner rührt an diesem Stück Land, es ist bezeichnet, bis heute weiß niemand warum keiner an diesem Stück Land rührt. Der Mond ist von der Spitze der Himmelsfeuer gefallen, der erstgeborene Sohn, der die Weite und Tiefe ermessen hat, er sollte der erste hiesige König werden. Er wählte die Himmelsrichtung seines Besitzes aus, die anderen in der Reihe folgten den verschiedenen Sternen, das Volk von den Pirogen bricht auf in die mondbeschienene Nacht, ausnahmslos alle Familien sind auf ihrem Land am folgenden Tag. Der König Hotu hat die Leute um sich gesammelt, die er vor Ort antrifft, wie eine von der Palme gefallene Gruppe Kokosnüsse, vielleicht nicht mehr als zehn plus eins, sie wurden platt vor ihm auf den Bauch gelegt, diese Leute sind seine Diener Sklaven. Haben sie sich mit dem Volk der Pirogen vermischt? Nein nein, die Familien sind sechs acht zehn zwölf Familien Clans mit verschiedenen Göttern gleichen Göttern, keiner kann mit keinem heiraten, alle mit allen, da sie aus der Piroge Hotu Matua stammt, kann Ammy mit Lepono heiraten, Kano mit Nako.

Lepono hatte ein eigenes schwarzes nervöses Pferd, er wäre nicht *zu Fuß gegangen,* er war ein viel besserer Reiter als man über ihn sagte, Ammy ritt auf einem Fahrrad, das aussah wie eines der schweren Dreiräder, beide nebeneinander, ein Pferd ein Rad, zogen sie hinab, wollten die Unmöglichkeiten, die Mauern, die verschlossene Nacht hinter sich lassen. *Solange sie nicht absteigen, gleicht das Pferd einem Drahtesel und das Rad einer dicken Stute,* lachten einige Zuschauer boshaft und wollten sich am Wegrand ausschütten. Ammy grüßte sie sehr höflich.

Ammy sträubte sich, Hosen Jeans zu tragen, sie war eingehüllt in ein leichtes Kleid, das sie mit Wind umgab und ihr Lächeln verbreitete, alle heimischen Blüten steckten in einer leuchtenden Reihe um eine Haarlocke über ihrem rechten Ohr, während es sonst so wenige zu sehen gab: So stellte man sich eine romantische Frau vor, oder eine leichte oder eine vom Fluch befallene. So war auch das Kleid der Erde, einfach und zumeist schroff, aber es flog im Wind der Gräser und rötete sich über den Wegen.

Der Morgen dieses flachen gewölbten Landes wurde häufig zum Sonnenuntergang, und der Abend ging auf wie eine erstickte Feuersbrunst.

DIE FAMILIE strengt sich an. Blumen, es gibt jetzt Blumen, die leuchten, sie sind so gewöhnlichm so viele, daß selbst du sie kaum noch siehst. Und José gerät in Ekstase, wenn er wertvolle Sorten all dieser Früchte ergattert hat, die er anbauen will, sie kommen aus Neuseeland oder Hawaii, er läßt dich an ihnen riechen und er schreit in den Wind: »Das ist der Duft der Welt!« Und die Welt ist so gewöhnlich, sie lag dort am Ufer gestern Abend, die Nacht ging klar vorüber, du hast ein paar Worte mit mehreren sehr einfachen Sternen gewechselt, die du nicht zu befragen brauchst, um die Route zu finden. Aber heute, nach so vielen Enteignungen Beschlagnahmungen Ausweisungen und Erpressungen stehen Dreiviertel des Bodens unter chilenischer Verwaltung oder sind Weltkulturerbe. Wie soll man sie zurückbekommen? Warum sich weiter auf geschütztem und erwähltem Boden abplagen? Also wird der Kampf um die Touristen mit allen Mitteln geführt, sie drängen hier herein, »seit die Augen der Welt auf uns gerichtet sind«. Sie sind die einzige Einnahmequelle von nichts, und einigermaßen regelmäßig, jeder baut sein Haus in ein kleines Hotel um, den Nachbarn zum Verdruß. Betty beschützt dennoch weiter die bezeichneten Orte und Pirú, die Müllsammlerin, heuert manchmal auf eigene Kosten die Jugend an, um die Mülltonnen der Insel zu füllen, zu leeren und wegzuräumen, oder für eine Beschwerde bei den Behörden, die Kinder an der Spitze der Delegation und die Alten als Corps der Truppe, die sprechen und argumentieren sollen, während die Jugendlichen ganz hinten so viel Lärm wie möglich schlagen, eine riesige Woge Lärm wie der Steinhagel gegen den Neuankömmling, der an Land geht. Sie wollen ihren Besitz zurückhaben, sie haben die Geheimnisse über die Tiefgärten und die Höhlen ihrer Familien bewahrt, den geheimen Sitz des Gotts Make Make, das Geheimnis der heißen Quellen, wo das Mysterium des Lebens und des Todes pulsiert, und von dem keiner spricht. Du gehst tief gebeugt ganz gekrümmt hinein in das Labyrinth, du vermutest in den Zwischenräumen der Zeichen nicht die staunende Frau den betenden Mann das klagende Kind, oder das Eidechschen in der Wärme der Haare, den Aufschwung der Gedanken oder den Fischgott oder den Vogelmann. Die Einheimischen halten es im Fels im Boden zurück, du kommst in diesem ruhigen, alltäglichen Geschimpfe, das sich ausbreitet, wieder heraus, gegen die Chilenen, die hier sehr große Hotels bauen wollen, gegen die ungeheure Zahl von Touristen, welche die Kultstätten zerstören, *der Boden und der Fels sind so brüchig*. Dann plötzlich erinnern sich die selben, die vom Tourismus überleben, sie erwähnen die Aufteilung des Landes unter den sechs Familien durch den namenlosen König, der die Wurzel ausgrub und sie über das Land verteilte, acht oder zehn oder zwölf Jahrhunderte vor dem Ostertag 1722. Alle sechs oder acht oder zehn Ankömmlingsfamilien hatte dann ihren Pflanzstock in die Mitte des Eilandes gesetzt und ihren Fächer Boden bis zum Meer hinunterverfolgt, so daß jede freien Zugang zu diesem Meer hatte, bleiben oder fortgehen konnte. Aber wir sind so frei zu vermuten, daß sie ihre Wald- und Holzreserven absichtlich aufgebraucht haben, ganz einfach, um keine Schiffe mehr bauen zu müssen, weil sie sich vielleicht überlegt hatten, daß diese Insel ein voll tüchtiges Schiff ist, ausgerüstet mit seinen Sextanten für die Navigation und mit seinen zusammengescharrten Lebensmitteln an allen Ecken, wie eine Arche Noah, die auf der Unendlichkeit abdriftet. Zu ihr brechen lebendig und zugleich rituell die Vögel herein, sie bringen Nachricht aus der Fremde und verkünden den Neuanfang, sie verkörpern so jedes Jahr die Wiederauferstehung des Landes, mit seiner Tracht von Luft-und Meeresströmungen, die das Land-Schiff anstoßen und ins Wanken bringen in den widrigen Wogen der Welt.

IN JENER NACHT lastete das Gewicht auf allen Dingen. Die schliefen, schreckten auf und saßen wach in ihren Betten, die noch wach waren, gingen hinaus unter einen Mond, der völlig verhüllt war, aber durch die dicken Wolken hindurchschien. Es war schwierig, stehen zu bleiben, so sehr legte dein eigenes Gewicht dich flach. Gegen Mittag riß die Feuersbrunst auf, das Licht strahlte durch die Wolken, jeder konnte sagen, was das nach seiner Meinung gewesen war.

»Rapa Nui«, meinte Ammy. »Natürlich Rapa Nui, es wird nicht Alaska sein«, erwiderte Maria. »Der Gott Make Make hat Leibschmerzen und hat sich plötzlich hingelegt«, kam es von irgendeiner Stimme. »Es ist die Bombe der Franzosen. Rapa Nui kämpft in der Tiefe, es mußte sein ganzes Gewicht einsetzen, um die Wellen aufzuhalten«, sagte Betty Rapu. »Bis hierher, das ist erstmal überhaupt nicht möglich«, wieder eine ferne Stimme.

»Bis hierher«, versicherte Ammy Nako.

Und sie wußten sogleich, es war fast wahr.

Radio und Fernsehen von Australien und Neuseeland hatten breit darüber berichtet, seit all der Zeit, aber bis zu jener Nacht jenem Morgen war die Sache unklar geblieben, trotz aller Entrüstung. Jetzt spürten sie den Magnetismus des Landes und seine Bewegungen in der Tiefe. Ein weiteres Mal, wieder mitten in der Nacht, sank das Gewicht auf sie herab, sie begnügten sich damit, die Augen offen zu halten und ungefähr die Kraft des magnetischen Landes abzuschätzen und seinen Kampf gegen die wilden Wellen, die unter den Korallen in der Ferne und den hiesigen Felsen durchrauschten.

Vielleicht reichte die Welle in der Tiefe, die von den Beben und den Umtrieben der Vulkane angetrieben wurde und die viele Inseln überall im großen Dreieck zerstört hatte, tatsächlich bis hierher, auch wenn man annehmen konnte, daß sie sich ein wenig beruhigt hatte, nach den Unendlichkeiten des Raums, die Hotu Matua und sein ältester Sohn vor ihm befahren hatten, und daß sie den unterseeischen Felsen von hier nur ein wenig leckte, ohne Verseuchung.

Aber die Atombombe war ein flammendes Mysterium, wenn sie auch vielleicht nur recht prosaisch die Fische mit grünen und blauen Bäuchen nach oben oben schwimmen ließ. Die wenigen Fische, die es in den hiesigen Strömen überhaupt noch gab. Du siehst, was die anderen angerichtet haben, sagte Betty, sie meinte wohl, *die auf deiner Seite*, aber zwanzig Jahre waren vergangen oder fast, und keiner kann die Fehler der einen auf die folgenden schieben, die nichts angestellt haben.

Einmal, berichtet sie, war es am hellen Mittag, als das Gewicht auf uns fiel, es war beim letzten Mal, wir wußten es gleich, alles stand still, aber die Sonne ist explodiert. Wir dachten damals, daß Rapa Nui den Lauf der Woge in der Tiefe gebremst hätte, die aus dem Feuer des Vulkans ganz in der Ferne kam, oder daß Rapa Nui dieses böse Machwerk von Menschenhand gezähmt hätte, das sonst bis zu uns gekommen wäre, Feuer des Vulkans oder Feuer der Atombombe, wer kann das sagen, so aus der Ferne, ja, so aus der Ferne, wer kann das sagen …

RAPA NUI, ein Wesen, Aufbewahrungsort des Einzigartigen oder des ganz Normalen, der Kräfte, welche die Völker des Pazifiks und Amerikas getragen haben. Die Familie kämpft verbissen, ohne sich um diese Kräfte oder die Umgebung zu kümmern. Sie hat von dem König, dessen Namen niemand mehr verschweigt, ihren Besitzteil erhalten und ihn verloren wie alle Welt, wie alle Völker und alle Familien, die irgendwann in das Fahrwasser der Ozeanriesen gerieten. Papa Kiko singt ein Klagelied der Quechuas von den Höhen der Anden, und er tanzt zum Tamburin annäherungsweise einen Schritt aus Vanuatu, mit tiefer Hingabe. Pirú verbessert die Sammlung des Mülls, obwohl es überall überquillt. Der Insel-Leib ist in ihnen drinnen, seine Geheimnisse haben in den Adern der Vulkane der Bewohner ungetrennt gewohnt zirkuliert. Weil die Insel so weit entfernt ist von jedem Maß und jeder Berechnung, jedem Blick, jeder Annäherung, liegt sie für immer *im Blick von oben*, der mit seinen ganzen Gaben die dort unten versammelten Archipele gesegnet hat.

Nau Nau

DIE ZEIT WAR GEKOMMEN, das Land nur von einer Seite zu betrachten, so wie es wohl die Rapa Nui sahen, ohne zu behaupten, es auf ihre Weise genau zu kennen. Wart ihr je auf euren einfachsten Ausdruck zurückgeworfen, oder habt ihr die Grenzen des Erträglichen überholt, oder die eigene Auslöschung betrieben, und derweil unter den Massakern gelitten, die andere an euch verübten? Die Rapa Nui behaupten nicht, damit die Geheimnisse des Landes preiszugeben – das wahre Walten der Geheimnisse der Völker und Länder geschieht im Verborgenen und wirkt unauffällig – und betrachten doch das Ungebrochene und die Brüche der Landschaften dieses Landes, sehen vielleicht auch, wie es banal und beängstigend, gewöhnlich und tragisch oder aber harsch und voll Nachgiebigkeit sich dem Drama und dem Glück der Länder auf der Welt anfügt.

Ich entdecke, daß die Moai diese Funktion erfüllen. Während der Stunden des Tages und der Nacht, und je nach den Strömungen des Windes, kämmen sie das Land mit ihren mächtigen Phantomen. Das Land ist manchmal banal und abweisend, und du hast überhaupt keine Lust darüberzugehen, die Gräser liegen glatt und nackt am Boden, die Moai sind Silhouetten aus bemaltem Karton vor einem mißglückten Hintergrund, ganz flach unter einer lastenden Sonne. Das ist also die Osterinsel. Und einer dieser Moai, er steht am Eingang von Hanga Roa, sieht fast wahrhaftig aus wie eine Zapfsäule. Denn das Land beängstigt dich, ein Keil aus dunklem Holz zwängt sich zwischen sein Fleisch und das deine, die großen Statuen haben sich in ihre Schatten gehüllt und du gehst schnell in weitem Bogen an dieser Nacht im vollen Sonnenlicht vorbei, und manchmal erhebt dieses Land sich zum von Wolken flirrenden

Himmel, dem hellen und leeren und grenzenlosen Blick dieser eckigen Gesichter folgend, wie um die Ankunft des Weltvogels zu verkünden, in einer Leichtigkeit der Luft, die dich trägt. Und dann, in anderen Momenten, mokiert das Land sich grausam über dich, *warum träumst du hier und wovon*? Dann versuchst du vergebens die in Härte geschürzten verächtlichen Lippen zu unterscheiden, sie verharren in unerbittlichem Anschein, in einer Eintönigkeit, die dich lähmt, und am Ende bist du mit der Leere und der Unendlichkeit konfrontiert, wenn du die großen Steinleiber kreuzt, die am Wegrand hingestreckt liegen, oder sie in ihrem Ausgangsgestein entdeckst, am Boden, noch bevor sie geboren sind, etwa Te Tokanga, der größte von allen: Die Zeit ist in den Fels gestürzt und hat sich in ihm angesammelt, das magnetische Eiland hat den Moai zurückgehalten, es hält auch dich fest, ohne jede Romantik und ohne jeden Glauben.

Zerbrochen, verborgen, liegend oder aufgerichtet, unversehrt oder am Hang des Vulkans Rano Raraku im Gestein zurückgehalten, in ihrer verzweifelten Einsamkeit wie in eine Steppe verbannt, oder anrührend in die Richtung der Ferne geneigt, die Moais zeichnen die Insel in ihrem Helldunkel und zeigen sie auf diese Weise.

JEDES, auch das kleinste Land der Welt kann Invasionen und Zerstörungen erdulden. Scheinbar schwindet es eilig dahin, die Körnung des Bodens ist zersiebt, nicht nur zu unfaßbarem Staub, sondern zu einem Wind ohne Halten, der kommt, um sich in Luft aufzulösen. Dennoch bildet sich das Land bald wieder und ballt sich mit aller Kraft zusammen. Was ist aus den paar Einwohnern geworden, die Hotu Matua so leicht unterwarf, vielleicht, weil sie sich endlich von ihrer Einsamkeit erlöst fühlten, da diese Neuankömmlinge, diese Eroberer, auftauchten. Sind die früheren Bewohner eingegangen in den Blick von Rapa Nui, wurden sie in ihn aufgenommen?

Bestimmte Tierarten, Pflanzen und Blumen, die auf den Pirogen eingeführt wurden, sind verschwunden, wurden durch andere ersetzt. Rannten Eisenhunde auf diesem Strand, grau und ohne Haar, heilige Tiere, Leckerbissen in den fernöstlichen Ländern, oder Kreolschweine, magere Tiere mit schwarzen Borsten, deren Fleisch, wenn man das schlechte Fett entfernte, die besten Ragouts abgab? Danach sind drei weitere Invasionen von Tieren und Pflanzen zu verzeichnen, deren Zerstörungen auf unterschiedliche Weise wirkten: Zunächst die Ratten von den Schiffen, dann die Zuchtschafe und schließlich das wuchernde Pferdekraut.

Die Ratten kamen von den europäischen oder amerikanischen Schiffen, sie rutschten die Ankerleine hinunter und schwammen nachts zu diesem neuen Gebiet: es handelt sich um Kolonialratten, bewaffnet mit gefährlichen Kiefern und Zähnen, mit einer bemerkenswerten Widerständigkeit gegen Extremsituationen, Nutznießer der Zukunft. Sie rotteten ohne Mühe die einheimischen Ratten aus, die lange nicht so zählebig waren, um anschließend die Kokospflanzungen zu vernichten.

Die von Australien eingeführten Schafe grassierten wie eine Krankheit und die Züchter sperrten dafür die Einwohner in die Gemeindegrenzen von Hanga Roa ein, wo diese von der Jagd, der Zubereitung und dem Verzehr der Tiere lebten, die sie nachts stahlen. Sie bedeckten das in Bananenblätter gehüllte Fleisch mit Erde und kochten es an ausgewählten Stellen, von denen der Wind den Geruch nicht weitertrug.

Das Pferdekraut, dies ist nicht sein richtiger Name, wurde wie wir vermuten zuerst weit draußen am Ahu Nau Nau gepflanzt, in der Nähe des Strandes von Anakena, wo sich die einzigen tätowierten Moai der Insel befinden, mit den *pukoas* auf dem Kopf, oder in der Gegend des Ahu Akivi, wo die Moais stehen, die die sieben Krieger darstellen, die Begleiter des ältesten Sohns von Hotu Motua. Sie schauen aufs Meer. Frißt ein Pferd die nicht auszurottende Pflanze, wird es bald lahm, macht die Läufe steif, bekommt Schaum vor dem Maul und ist tot. Zum Leidwesen des Besitzers.

Dagegen zeigt Hanga Roa das Getriebe einer Kleinstadt, die bald über einen Yachthafen verfügen wird: schon jetzt gibt es dort Ausflugsdampfer, Restaurants, Reisebüros und Immobilienmakler, Hotels und Zimmervermietungen, organisierte Touren mit Tanz und Blütenkränzen wie auf Tahiti oder Hawaii, und die Bilder der Moai sind dafür ausgezeichnete Werbeträger. Das Land hier ist in die angenehme Banalität des Tauschs eingetreten, bei dem keiner nachrechnet, wer die Gewinne einstreicht. Ein von den Einheimischen gebildeter Gebietsrat, »Consejo de las Tierras«, versucht, das Land zurückzubekommen und Besitzurkunden zu erlangen. Die fröhliche Stimmung von Hanga Roa trifft auf die Erinnerung, nicht nur an Hotu Matua, sondern auch an den anderen König, dessen Namen nur erschlossen werden konnte, der unerkannt im Busch des großen Dreiecks verschwunden blieb, man weiß nicht wo, auf den Markisen-Inseln oder in Vanuatu, oder tief drinnen im Archipel von Tahiti. Die schöne heutige Mischung der Insel Rapa Nui auf Irrfahrt hat nichts verloren gehen lassen von den ursprünglichen Vorstellungen, und die fast völlige Auslöschung ist überwunden.

Papa Kiko

DIE BERICHTE wiederholen sich. Jahr für Jahr versinkt die Insel um zehn bis zwölf Zentimeter und nähert sich dem Kontinent um die gleiche Entfernung. Das gilt für alle Inseln, denn sie liegen auf den Rücken und Rändern, wo tektonische Erdplatten aneinanderstoßen. Ihre Lebenslinien teilen das Schicksal dieser Rücken und Ränder, und in der Tiefe füllen sie sich allmählich mit totem Material, so sind die Schlote der Osterinsel heute mit Lava verschlossen.

Aber zwischen den Vulkanen Poike und Terevaka an der Nordostküste regnet es noch Vulkanbomben, ihre Energie ist lebendig, sie haben den Boden gezeichnet und mit ihrer großen Kraft die Phänomene des Magnetismus in Gang gebracht. Es gibt also eine Erklärung für all die Ausfälle. Die Flugzeuge überfliegen die Gegend, bevor sie in Hanga Roa landen, und die Schiffe umfahren sie. Diese Küste ist ein Gebiete mit hoher Intensität, dort befindet sich der Nabel der Welt und die Bucht von La Pérouse.

Es geht also um Weite und Tiefe. Als ob alles dunkel Erscheinende, das seinen Wert aus dieser Dunkelheit bezieht, auch mit einer wesentlichen Erklärung verbunden wäre, und als ob die ursprüngliche Dichte der Tiefen sich an den verschiedenen Weiten der Welt stärkte. Der König Hotu Matua hatte gleich bei seiner Ankunft seine Piroge umgestürzt und aus ihr ein Haus *fast im Boden drin* gemacht, die Pirogenhütte oder den Schiff Haus Hut. Die Einwohner sollten später Wohnstätten aus Graswurzeln direkt über dem Boden bauen, sie waren bis 1940 bewohnt, die Häuser der Priester in Orongo, auf dem Zeremonienplatz von Tangata Manu, bieten ebenfalls mit ihrer Bauweise aus Steinen dem Wind die geringstmögliche Angriffsfläche. Diese Priester, die das Geheimnis der Rongo Rongo, also der Schrift oder des Pantheon, hüteten, wurden von den Peruanern, Chilenen und anderen Menschenhändlern zuerst ermordet oder als Sklaven verschleppt: Die Schrift ging verloren, das Haus der Götter wurde zerstört.

Die Ereignisse sind dem Wind unterworfen. Zuweilen schiebt sich eine dicke schwarze Wolke schwer heran, bevor sie über einem Haus stehen bleibt, und es fällt leise ein Regen, der von einem unmerklichen Wind verweht wird. Jeder weiß, daß dies den Tod eines Menschen ankündigt. Wenn er eintritt, muß man den Toten um jeden Preis möglichst weit wegbringen, sonst greift die Ansteckung um sich. Ein Toter ist schon ein Unglück für eine so kleine Bevölkerung. Aber wenn die Kette des Todes nicht sogleich gebrochen wird, sind alle bedroht. Mit siebzig Geburten im Jahr ist zu rechnen, und mit vier bis fünfzehn Todesfällen im gleichen Zeitraum. Doch fünfzehn Tote in einem Jahr sind eine Katastrophe! Jedes zweite Jahr ist die Todesrate hoch. Wenn du Kinder hast, lebst du in ständiger Angst. Man muß sich vor den beiden Zyklen des Todes hüten, der schlimmere dauert von Mai bis August, der andere von November bis März. Zu diesen Zeiten sind die Toten mehr darauf erpicht, zurückzukommen und die Lebenden zu holen. Wenn man genau hinschaut, sind es die Zeiten des Übergangs, des Wandels, in denen die Gesundheit anfälliger ist. Die Familie muß einem Verstorbenen alle Ehren erweisen, damit er fortgehen kann, ohne die Kette zwischen Lebenden und Toten wieder knüpfen zu wollen. Jeder im Umkreis hilft der Familie während eines ganzen Monats der Totenwache, diese Aufgabe zu erfüllen. Aber die Geschenke und das Essen, die für den Toten bestimmt sind, werden gleich jemand anderem weiterverschenkt, der weit weg lebt, der sie wieder einem anderen schenkt, der noch weiter entfernt lebt, und so fort, damit nichts von dem Toten im Hause bleibt und seine Spur sich verliert. Die Familie darf nichts berühren, was dem Toten gehört hat, das ist ein Tabu. Diese Übertragung von fern zu fern schließt den Todeszyklus ab. Danach beginnen die Zyklen der Befruchtung. Die Krönung der Königin, die aus zwei Kandidatinnen von unterschiedlichen Teilen der Insel ausgewählt wird, stellt vielleicht die Verbindung zwischen den Zyklen wieder her.

Ich weiß nicht, ob man den Glaubensregeln gehorchen muß, manche Familien folgen ihnen, andere nicht. Zum Beispiel muß man die ältesten Söhne und Töchter beschützen, ihre Teller und ihr Besteck sind gekennzeichnet, damit kein anderes Familienmitglied davon ißt. Wenn der älteste Sohn einen Fisch fängt, dürfen weder Vater noch Mutter ihn essen, der Fisch wird gekennzeichnet und für den Sohn aufgehoben. Ich habe nie das Haar meiner Tochter selbst geschnitten! Alles wird getan, um die ältesten Kinder zu beschützen, damit sie sich nicht verletzen oder hinfallen. Diese Glaubensregeln kannst du freilich in sehr kurzer Zeit aufgeben.

Es hat viel länger gedauert, bis andere Zyklen abgeschlossen waren, nicht nur die Lepra, sondern auch die Leprastation, die nicht der Pflege diente, sondern der Bestrafung und Unterdrückung, das war so ungefähr von 1920 bis 1960. Die Lepra wurde von Tahiti eingeführt, Anfang des 20. Jahrhunderts, von einer Frau, die den Missionaren folgte. Wenn einer sich verletzte, etwa mit einem Angelhaken an der Lippe, und die schlecht versorgte Wunde wurde nekrotisch, ab in die Leprastation! Ach, du willst deine Tochter nicht zum Fest auf das große Schiff schicken, als Gespielin für die Offiziere? Ab in die Leprastation, die ganze Familie! Es ist ein Ort des Leidens. Alfonso Rapu, aus meiner Familie, einer der ersten pascuanischen Bürgermeister, ließ sie schließen und auf dem Gelände wurde eine Höhere Schule gebaut. Es gibt noch einen Überlebenden aus jener Zeit, einen ehemaligen Leprakranken. Er warnt, wir sollten unsere Kinder nicht hinschicken, die Toten seien dort noch sehr gegenwärtig. Der Lärm der Kinder werde die Ruhe dieser tragischen Toten stören und sie würden zurückkehren. Die Stimme der Alten ist die Stimme der Weisheit. Ich lasse meine Tochter nicht in diese Schule gehen. Ich schicke sie nach Chile, obwohl es mich mehr kostet, als ich mir leisten kann, oder vielleicht auf eine Schule nach Toulouse, wo sie ausländische Schüler aufnehmen, dann lernt sie Französisch. Es ist wichtig, daß die Einwohner der Insel Kontakt mit der Welt und mit ihren Möglichkeiten aufnehmen. Man muß die Weite kennenlernen.

BUENO. Die alten Lieder haben mit Religion zu tun, sie sprechen vom Gott Make Make, oder sie sprechen von Gefühlen wie der Traurigkeit, die Eltern zu verlassen, von der Sehnsucht der Verliebten und den Verwicklungen der Liebe, von Schwierigkeiten bei den Geburten und in der Ehe, und zumeist geht es am Ende gut aus. Die Religion, das ist das Denken von früher, aber auch ein bißchen der katholische Glaube, eine Mischung aus beiden.

Hier ein Lied, das die Ankunft von Hotu Matua erzählt. *Bueno.* Er fährt nach Westen mit seiner Piroge, die Königin, seine Schwester, nach Osten, sie treffen sich in Anakena wieder, wo der König an Land geht. Diese beiden haben die Insel zusammen umfahren. Die Insel hat zwei Teile, aber nur eine Königin, sie war nicht die Frau des Königs, sondern seine Schwester. 1938 wurde die große Zeremonie mit der Piroge eingeführt, die um die Insel fährt, und an jedem Ort Taro, Maniok, Zuckerrohr und Katzen, Hunde und Schweine absetzt, dazu eine Menge Hühner, zur Erinnerung an die Ankunft des Königs. *Bueno.* Ein großes Fest zu Land und zu Meer. Es ist eine sehr gute Sache, auf diese Weise das Gedächtnis zu feiern, aber man muß es verstehen wollen.

Hier noch ein anderes Lied. Es berichtet von einem König hinten im Archipel, wo Tsunami genannte Fluten die Inseln erreichten. Dieser noch mächtigere König befahl Hotu Matua, er solle wegsegeln, um ein höher gelegenes Land zu suchen, das dem Meer trotzte. Hotu Matua schickte zuerst die sieben Kundschafter, die sahen, daß die von ihnen gefundene Insel tatsächlich hoch und von den Wogen des Meeres geschützt, aber sehr unwirtlich war, dem Wind ausgesetzt und ohne Trinkwasser. *Bueno.* Sie wollten umkehren, da sahen sie Hotu Matuas Pirogen, das Warten auf ihre Rückkehr war ihm zu lang geworden. Die Kundschafter schrien, geht nicht an Land, diese Insel gibt uns nichts zum Leben, sie hat kein Wasser und zuviel Wind, kein Haus, keine Hütte, keine Kate wird stehen bleiben, lass uns umkehren! Aber Hotu Matua sagte: Es genügt, daß die Insel das Meer hoch überragt und geschützt ist vor den großen Fluten. Für das andere werde ich sorgen. Und er legte mit seinen Pirogen an.

Der König hatte also nicht geheimnisvoll beschlossen, das Meer zu befahren, nein, er war ausgesandt, er hatte keine Schlacht verloren, oder eine Mission von den Geistern erhalten, nein, ihn trieb die Angst vor den Überflutungen, es gibt für die unbekannten Dinge immer eine Erklärung, was nicht heißt, daß sie einfach sind.

Hier noch ein Lied über das Meer und den Wind, davon gab es viele, eben wegen dieser Geschichte, die ich Ihnen vorhin gesungen habe. *Bueno*. Der Wind, das ist die Weite, und das Meer ist die Tiefe. Man muß beide verbinden, um die Welt zu verstehen.
Heutzutage denken die Fremden, sie müßten uns schützen, wir selbst aber müssen uns daran machen, die ganze mündlich überlieferte Geschichte kennenzulernen. Ich gehöre zur letzten Generation, die sie kennt, unsere Kultur ist zur Unterhaltung geworden. Die Weite ist gut, aber wir dürfen die Tiefe nicht vergessen.

Haben Sie hier einen Avocadobaum kennengelernt? Und ist dieser Schoner nicht ein Dreimaster? Die Wahrheit kommt von weither. Wenn Sie mich fragen, welcher Ort auf der Insel für mich der wichtigste ist, *bueno*, dann sage ich Ihnen, daß er nicht in der Nähe von Orongo und dem Rano Kau liegt, sondern an der Küste zwischen den beiden Vulkanen Poike und Terevaka, bei den magnetischen Felsen. Da habe ich das Gefühl, in der Insel zu schweben, ich habe meine Ruhe, ich fühle mich wohl und werde ein guter Mensch, in der Nähe der Bucht von La Pérouse, beim Te Pito Kura, wo sie den Nabel der Welt aufsuchen.

Santiago – das Land dem Blick entzogen

DIE PASSAGIERE neben Sylvie beobachteten durch die verschmierten Flugzeugfenster das schwindelerregende Tanzen des Schoners im Meer vor Hanga Roa. Sie hatten es eine Woche oder einen Monat davor schon gesehen, wie die Masten fast die Wellenkämme auf beiden Seiten berührten, das eindrückliche Bild eines auf dem Meer flachliegenden Vogels, der sich nie wieder aufschwingen wird. Sie fragten Sylvie: Bist du nicht selbst jeden Abend bei Einbruch der Dunkelheit auf dieses Schiff gegangen? Wie konntest du bei diesem Wind, bei diesem dauernden Toben und in die Tiefe Stürzen schlafen, und wie ist es, über das Meer zu fahren, über Meere, die nicht unsere sind? Auf dem Flug nach Santiago wurden die Pascuaner wieder von dem alten Taumel erfaßt, wegen der Segler, die über den Horizont kamen. Sylvie sagte, sie sei nicht mit dem Schiff hergereist. Wir ängstigen uns jedesmal, wenn so ein Segelboot anlegt, es sind nicht so viele, wird es sich als gut oder schlecht erweisen? Die Blitze der Sonne blendeten durch das Fenster, Sylvie sagte, sie sei erst in Hanga Roa aufs Schiff gegangen. Das Schwierigste sei nicht gewesen, zu schlafen, sondern inmitten dieser verrückten Wellen an Bord zu springen, indem sie auf der schwingenden Gangway voltigierte, während die anderen unten mit großer Mühe die Bocksprünge des Schlauchboots zu bändigen suchten. Die normalerweise in Santiago lebten, fragten Sylvie dann, ob sie dort lange bleiben wolle? Eine Nacht und einen Tag, antwortete sie. Da färbte die Sonne sich rot und überflutete das Flugzeug, sodaß du nicht sagen konntest, wo es war wo es herkam wo es hinflog, eine lange melancholische Stille erhob sich aus allen Dingen und dauerte über den chilenischen Zoll und die chilenische

Der unsichtbare Horizont

Polizei hinaus an, als wenn jeder sich zurückziehen wollte, um insgeheim in seinem Gedächtnis dem magnetischen Eiland Auf Wiedersehen oder Lebewohl zu sagen.

Eine Ansammlung flacher Vulkane, schreiender Felsen, kurzer Rasen und roter Dämmerungen. Die Erinnerung an die Ankunft, als die paar Touristen sich befremdet umgeschaut hatten, es gibt nichts mehr zu sehen, nachdem du ein oder zweimal vorsichtig um ein oder zwei Moais gegangen bist, das ist also die Osterinsel. Dann, bei der Rückkehr zum Festland, die harte Last des Körpers und das Knistern in den Haaren, vom Meer gekraust und vom Wind geglättet, der unendliche Drang, auf der Stelle in einen absolut bodenlosen Süßwassersee zu springen und eine in ewiger Schwebe bleibende Zeitlang darin zu schwimmen, das hieß nicht, die Insel zu verlassen, sondern die Strände bei Tagesanbruch und bei Nacht im Körper und im Geist wieder zu erleben, bevor du dann zu der Überlegung kamst, was du dort erfahren hattest.

Sylvie ließ sich treiben wie in Glückseligkeit, kam im Hotel an, das für sie gebucht war, das riesige erholsame Bad, das Essen, einfach und gerade richtig, sie legte sich zum Fernsehen hin, schaltete auf ein französisches Programm, nur um wieder Kontakt aufzunehmen, schreckte ganz plötzlich auf, es war bestimmt drei Uhr morgens, vor einer Großaufnahme, als hätte ich mich in ihrem Zimmer breitgemacht. Ich konnte nichts dafür, ich verfolgte nicht Tag für Tag ihre Reise, ich wirkte nur auf der anderen Seite des Ozeans an einer Fernsehsendung über die Vielheiten der Welt mit. Sie hielt es für eine Illusion, da es ihr allzu passend schien. Aber sie erkannte sofort die Themen, mit denen sie seit langem verkehrte. Das heißt, sie hörte sie, bevor sie überhaupt in ihrer Schläfrigkeit die Züge dieses raumfüllenden Gesichts erkannte, zu verdutzt über diesen unglaublichen Zufall: Im Hotel in Santiago, eben von der Osterinsel zurück, ein Fernsehbericht oder eine Diskussion über das Denken des Bebens. Dann die amerikanische Nacht, die entscheidenden Zeitunterschiede, das Fernsehstudio auf der anderen Seite des Kontinents und jenseits des Atlantiks. Dies alles, nachdem sie eben den Pazifik und das große Dreieck Polynesiens verlassen hatte, das im magnetischen Land immer wieder konzentriert auflebt.

Bevor sie am nächsten Morgen zurückfliegt, ruft Sylvie Ammy an, die schon wartet, und nachdem sie sich bedankt und vorsichtig erkundigt hat, erzählt Sylvie von dem Abenteuer der Nacht, das gewiß eines war für sie. Ammy lachte, mach dir nichts draus, Rapa Nui hat dich erkannt und angenommen, die Insel läßt dich wissen, daß sie einverstanden ist. Nur Rapa Nui kann einen solchen Zufall bewirken. Sie sagt dir damit nicht, daß du zu deinen kleinen Alltäglichkeiten zurückgekehrt bist, sie zeigt dir vielmehr, daß sie dich begleitet. Sie lachen beide. Lepono und ich heiraten in einem Tag einer Nacht, es gibt kein Tabu, du hast auch uns Glück gebracht. Ich bin ganz glücklich hier, ich werde rund, in der ganzen Zeit haben wir hiesigen Frauen Form angenommen, sagt Ammy und schließt damit die Angelegenheit ab. Erinnerst du dich an den sprechenden Stein, den Mund, in den du geblasen hast, um ihm anzuvertrauen, was du denkst? Ich habe verstanden, wie der Stein deine Stimme übersetzt hat. Nein nein nein, ich verrate es nicht, das mußt du selbst herausfinden. Die Leute erzählen, daß die sprechenden Steine sich manchmal weigern, das Sprechen anzunehmen, das die Lebhaften, Bittenden oder Wütenden ihnen bringen. Dann stehen sie da, erschrocken vor Ärger Bedauern wegen des Geräuschs, das der Stein bei dieser Gelegenheit von sich gibt, wie ein Heulen in einer zugedrückten Gurgel. Es unterdrückt, was sie sagen wollen, jedesmal, wenn sie ihr Geständnis ihren Appell wiederholen. Doch diese Fehlschläge werden verschwiegen. Andere Leute, es sind zwei oder drei im Land, behaupten, sie könnten übersetzen, was der Stein in den Momenten, wenn er sich weigert, spricht. Sie sind die einzigen, die das verkünden, alle lachen, sie geben die Übersetzung, indem sie den wilden gewürgten Schrei wiederholen, der aus dem Stein dringt. Siehst du, das gilt nicht für dich.

Der Stein hat deine Stimme erkannt, ohne Unordnung zu bringen. Aber wenn er sich weigert, ist es immer die gleiche Leier: Was soll das heißen, ich weiß nicht? Obwohl der Stein doch nur hartnäckig immer wieder sagt: Nichts ist wirklich wahr, alles ist total lebendig. Ja, das ist die Übersetzung, die Einzelne von dem wütenden Hauch des Steins geben, ja ja, sagt Ammy: Nichts ist wahr, alles ist lebendig.

ÉDOUARD GLISSANT
geboren 1928 auf Martinique, gilt als der bedeutendste Autor der französischsprachigen Karibik und als intellektueller Vordenker in Fragen postkolonialer Identität und Kulturtheorie. Bereits für seinen ersten Roman »La Lézarde« erhielt er 1958 den renommierten *Prix Renaudot*. Der Autor lebt heute auf Martinique, in Paris und New York und lehrt an der City University New York.
Bei Wunderhorn sind u.a. erschienen: *Kultur und Identität. Ansätze zu einer Poetik der Vielheit* (2005), *Schwarzes Salz. Gedichte* (2002), *Traktat über die Welt. Essay* (1999), *Faulkner. Mississippi. Essay* (1997), *Zersplitterte Welten. Der Diskurs der Antillen. Essay* (1986), alle übersetzt von Beate Thill.

SYLVIE GLISSANT-SÉMA
lebt als Künstlerin in Paris und auf Martinique.

BEATE THILL
lebt als Übersetzerin in Freiburg. Sie hat u.a. Jean Marie Gustave Le Clézio, Assja Djebar, Abdelwahab Meddeb ins Deutsche übersetzt.

Vorankündigung:

VÖLKER AM WASSER
Herausgegeben von Édouard Glissant
Band 4

ALAIN BORER
DER HIMMEL UND DIE LANDKARTE
REISETAGEBUCH AUS DER SÜDSEE

Aus dem Französischen von Beate Thill

VÖLKER AM WASSER

Bereits erschienen!
Aus dem Französischen von Beate Thill
168 Seiten, gebunden
ISBN 978-3-88423-295-8

»BIS AN DIE GRENZEN VON ELDORADO passt in keine Schublade und ist von hohem Informationswert und poetischem Zauber durchtränkt. … Ein Abenteuerbuch? Ja, doch, ein subtil reflektierendes.«

ORF

VÖLKER AM WASSER

Bereits erschienen!
Aus dem Französischen von Beate Thill
124 Seiten, gebunden
ISBN 978-3-88423-310-8

»Eine außergewöhnliche Kulturreportage.«
DEUTSCHLANDFUNK

»Le Clézio nimmt die Inselvölker der Welt nicht in erster Linie als etwas Bedrohtes wahr, sondern erblickt in ihrer Exponiertheit die Chance der Reibung, der bevorzugt aktiven, ja revolutionären Anverwandlung dessen, was von allen Seiten auf sie einstürmt.«
SÜDDEUTSCHE ZEITUNG

VÖLKER AM WASSER

Titel der Originalausgabe:
La terre magnétique
Les errances de Rapa Nui, l'île de Pâques

Rohrbacherstraße 18
D-69115 Heidelberg
www.wunderhorn.de

Gestaltung: ⓢ sans serif, Berlin
Druck: Fuldaer Verlagsanstalt, Fulda
Umschlagabbildung: © Rüdiger Toebert (fotolia.com)
ISBN 978-3-88423-342-9